हिन्द पॉकेट बुक्स

बासठ दिन

दत्त भारती आधुनिक हिन्दी साहित्य के प्रमुख लेखक, कवि, नाटककार और सामाजिक विचारक थे। कहानी, कविताओं और लेखों के अलावा आपने कई सौ उपन्यास लिखकर साहित्य में अपना एक अलग विशिष्ट स्थान बनाया है। घर और स्कूल से प्राप्त आर्यसमाजी संस्कार, विश्वविद्यालय का साहित्यिक वातावरण, देशभर में होने वाली राजनैतिक हलचलें, बाल्यावस्था में आर्थिक संकट इन सबने आपको अति संवेदनशील, तर्कशील और विचारक बना दिया, जो आपके लेखन का आधार बना। आपको समाजसेवा एवं लेखन के लिए कई पुरस्कार भी मिले हैं।

AF543427

बासठ दिन

लोकप्रिय लेखक का
मार्मिक रोमांटिक उपन्यास

दत्त भारती

हिन्द पॉकेट बुक्स
पेंगुइन रैंडम हाउस इम्प्रिंट

हिन्द पॉकेट बुक्स

यूएसए। कनाडा। यूके। आयरलैंड। ऑस्ट्रेलिया। सिंगापुर
न्यू ज़ीलैंड। भारत। दक्षिण अफ्रीका। चीन

हिन्द पॉकेट बुक्स, पेंगुइन रैंडम हाउस ग्रुप ऑफ़ कम्पनीज़ का हिस्सा है,
जिसका पता global.penguinrandomhouse.com पर मिलेगा

पेंगुइन रैंडम हाउस इंडिया प्रा. लि.,
चौथी मंजिल, कैपिटल टावर -1, एम जी रोड,
गुड़गांव 122 002, हरियाणा, भारत

पेंगुइन
रैंडम हाउस
इंडिया

प्रथम हिन्दी संस्करण हिन्द पॉकेट बुक्स द्वारा 1971 में प्रकाशित
यह हिन्दी संस्करण हिन्द पॉकेट बुक्स में पेंगुइन रैंडम हाउस द्वारा 2022 में प्रकाशित

10 9 8 7 6 5 4 3 2

इस पुस्तक में व्यक्त विचार लेखक के अपने हैं, जिनका यथासंभव तथ्यात्मक
सत्यापन किया गया है, और इस संबंध में प्रकाशक एवं सहयोगी
प्रकाशक किसी भी रूप में उत्तरदायी नहीं हैं।

ISBN 9789353495817

मुद्रकः रेप्रो इंडिया लिमिटेड

www.penguin.co.in

FSC www.fsc.org MIX Paper from responsible sources FSC® C047271

This is a legitimate digitally printed version of the book and therefore might not have certain extra finishing on the cover.

बासठ दिन

"परिस्थिति को सम्मुख रखते हुए—" राबिन्दर ने अपने निश्चित भाव से आवाज़ को दबाते हुए बात शुरू की और वाक्य अधूरा छोड़ दिया। उसके आगे खाना पड़ा था। उसने अपना हाथ भी रोक लिया था। सिर नीचे डाले हुए उसने डेज़र्ट स्पून उठा लिया और उसके साथ खेलने लगा। उसकी ये तमाम हरकतें प्रकट कर रही थीं कि वह कोई निर्णयात्मक बात करना चाहता था। और वाक्य अधूरा छोड़ने का मतलब था कि वातावरण में ऐसा कुछ कर दे कि सामने बैठी हुई तपस्या अपना ध्यान उसकी ओर परिवर्तित कर दे।

तपस्या ने ध्यान परिवर्तित कर दिया। वह मंत्रमुग्ध-सी होकर उसकी बातें सुन रही थी। लेकिन उसने दृष्टि उठाकर राबिन्दर की ओर नहीं देखा। वह धीरे-धीरे कौर कंठ से नीचे उतारती रही। उसके कान जिज्ञासु थे। वह जानती थी कि अब वह महत्त्वपूर्ण बात होकर रहेगी जिसकी वह पिछले पौन घंटे से आशा किए हुए थी। उसने खाना बंद न किया। लेकिन अपनी इस उत्सुकता को भी वह प्रकट नहीं होने देना चाहती थी।

उसने दृष्टि उठाकर भी न देखा कि राबिन्दर को कौन-सी बात इस बात को पूरा करने में बाधक सिद्ध हो रही थी।

डाइनिंग टेबल पर वे केवल दो थे। कमरे में नीरवता छाई हुई थी, और इसे राबिन्दर ही भंग कर सकता था।

राबिन्दर ने जब तपस्या को खाने में व्यस्त पाया तो बात पूरी कर दी :

"मैं कह रहा था कि परिस्थिति को सम्मुख रखते हुए—और आज की

घटना के उपरान्त हम इस ढोंग को किस तरह खत्म कर सकते हैं!" यह कहते हुए उसकी आवाज़ भरी गई थी।

तपस्या जानती थी कि यह बात होगी। लेकिन उसका विचार था कि लंच पर नहीं बल्कि डिनर पर होगी। और अब राबिन्दर ने लंच पर ही चर्चा छेड़ दी थी।

तपस्या ने फौरन उत्तर न दिया। वह चाहती थी कि राबिन्दर ही बात दोहराए। वह फिर भी चुप रहेगी और जब वह चौथी या पांचवीं बार कहेगा तो खुद ही झल्ला पड़ेगा। उसका स्वर कटु होगा, और इस प्रकार वह एक विशेष प्रकार का सुख प्राप्त करेगी। वह जब भी राबिन्दर को यंत्रणा पहुंचाती, उसे सुख मिलता था।

तपस्या को चुप पाकर राबिन्दर ने धीरे से नपे-तुले अंदाज़ में कहा, "इस ढोंग को अब खत्म करने का एकमात्र तरीका यही है और वह तुम जानती हो..."

इस बार भी तपस्या ने नज़रें न उठाईं। वह जानती थी कि उसकी खामोशी और बेरुखी राबिन्दर को यंत्रणा दे रही थी। और वह इस यंत्रणा से आनन्द प्राप्त कर रही थी। बल्कि उसके मन को शांति मिलती थी। वह राबिन्दर के चेहरे पर व्यथा, दर्द और व्यग्रता न देखना चाहती थी, उसकी आवाज़ बता रही थी कि वह शोक, व्यथा और वेदना से कुलबुला रहा है।

"मैं कहता हूं कि जब निर्वाह असंभव हो जाए तो क्या किया जाए?" इस बार राबिन्दर ने ऊंचे स्वर में कहा।

"तलाक!" तपस्या का बम फटा और उसने निगाहें उठाकर राबिन्दर को देखा। राबिन्दर के चेहरे पर वही वेदना और व्यग्रता थी। उसकी आंखों में विवशता और शोक था।

तपस्या के चेहरे पर हल्की-सी खुशी थी और आंखों में एक ऐसी झलक थी जो शिकारी की आंखों में शिकार पाकर पैदा होती है, और जिसपर गोली दागने के लिए वह राइफल कंधे तक ले जाता है।

"शुक्रिया," राबिन्दर ने कहा। और इस शब्द को बोलते ही उसके चेहरे पर से दर्द, वेदना और शोक फौरन ही धुल गए।

"और इसके लिए तुम्हारी शर्तें क्या होंगी?"

"कोई शर्त नहीं। जिस दिन मुझे नौकरी मिल जाएगी, मैं इस घर को छोड़

दूंगी।” तपस्या के स्वर में विजय की पुट थी। राबिन्दर का दिल जब दुखी होता तो वह हमेशा खुश नज़र आती थी।

“ऐसी बात नहीं। तुम जानती हो, मुझे सफाई पसंद है। और, मैंने जीवन-भर हर काम ढंग से किया है। अब जब तुम राज़ी हो गई हो तो मेरी इच्छा है कि इस अलहदगी को भी इस बात से दूर न रखें। इस घर की हर वस्तु पर तुम्हारा भी अधिकार है, और मैं तुम्हें तुम्हारे अधिकार से वंचित नहीं रखना चाहता।” राबिन्दर ने नपे-तुले अंदाज़ में कहा और कौर कंठ में डाल लिया।

“मुझे अब किसी सहृदयता या सौजन्य से कोई सरोकार नहीं। जब मुझे नया घर बनाना है, आपको छोड़ना है, इस घर को और इसकी हर वस्तु को छोड़ना है—तो बेहतर यही है कि मैं ऐसी कोई चीज़ साथ न लेकर जाऊं जो मुझे अतीत की याद दिलाए। मैं एक खाली कमरे से जीवन शुरू करूंगी।”

“बच्चे?” राबिन्दर ने याद दिलाया।

“मैं आकाश को ले जाऊंगी। धरती आपके पास रहेगी।” तपस्या ने कौर निगलते हुए यों कहा जैसे मायके जा रही हो।

“ठीक है, और मुझे मंज़ूर है। आकाश अब पन्द्रह बरस का है। चार-पांच वर्ष बाद कमाने लगेगा और तुम्हारा सहारा बन जाएगा।” फिर कुछ रुककर उसने कहा, “इसके अतिरिक्त कपड़े, गहने और बर्तन?”

“कपड़े और गहने मेरे हैं। कुछ बर्तन और दो बिस्तर में ले जाऊंगी,” तपस्या ने कहा।

“मुझे कोई आपत्ति नहीं होगी। बल्कि चाहो तो सब बर्तन ले जा सकती हो। इसके अलावा फर्नीचर भी।”

“फर्नीचर की ज़रूरत नहीं।”

“तो मैं फ्रिज़, रेडियोग्राम, कैबिनेट और बिजली के सामान के बदले में कुछ रकम नकद दे दूंगा। तुम्हें अपना घर बनाने में आसानी हो जाएगी।” राबिन्दर ने आत्मविश्वास से कहा।

“अपना घर!” तपस्या ने अजीब अंदाज़ से कहा और खाना खत्म करके डाइनिंग टेबल से उठ गई। उसने पहले की भांति ‘एक्स्क्यूज़ मी’ न कहा। उसने सभ्यता को भी ताक पर रख दिया था।

राबिन्दर ने इस बात को महत्त्व न दिया। आखिर जब उन्होंने परस्पर यह

फैसला कर लिया था तो अब ज़रूरी बात थी कि वह एक-दूसरे के साथी न रहे थे, लेकिन इनके बहम में भी न था कि इस आसानी से तलाक का फैसला हो जाएगा।

राबिन्दर की उदासी खुशी में बदल गई थी। पिछले दो बरस से यह विवाहित जीवन केवल ढोंग बनकर रह गया था। उलझन ने वैमनस्य की सूरत धारण कर ली थी और यही वैमनस्य बिगड़ते-बिगड़ते कड़वी बातों और दोषारोपण पर उतर आया था। झगड़े की सूरत धारण कर ली थी।

"तलाक"

"तलाक"

"तलाक"

राबिन्दर ने खाना खत्म किया और बेडरूम में चला गया।

तपस्या ने प्रतिदिन की भांति उसके पहनने के कपड़े फैला रखे थे। तीन कमीज़ें—जिनमें से उसे एक को पहनना था। बनियान, पाउडर, फेस-क्रीम, रूमाल—और तीन गर्म सूट, जिनमें से एक को चुनना था। जूते वह सूट के रंग के साथ मिलते हुए पहनता था। इसलिए वह अपनी जगह पड़े थे।

सब कुछ अपनी जगह था। रोज़ के अनुसार। लेकिन आज तपस्या पास न खड़ी थी। राबिन्दर ने कमीज़ पहनी, कलाई के बटन आप बन्द किए। यह काम तपस्या का था। उसे एक झटका सा लगा। लेकिन अब उसे आदत डालनी थी। कुछ दिन बाद तपस्या चली जाएगी। फिर कौन उसका काम करेगा! इसलिए जब तक वह यहां थी, इस अरसे में भी उसे अपनी आदत और स्वभाव बदलना था।

पतलून पहनकर उसने वार्डरोब खोला और मैचिंग टाई निकाल ली। आज तीसरी बार कोशिश करने से टाई की गांठ ठीक लगी थी। तपस्या ने उसे ठीक न किया था। लेकिन वह शीशे के सामने जाकर इसे ठीक कर लेगा। आखिर जब वह शहर से दूर होता है तो तपस्या पास नहीं होती। फिर भी तो तैयार होता है। वह यह क्यों नहीं समझ लेता कि तपस्या मायके चली गई थी या वह शहर से बाहर किसी दूसरे शहर में होटल में ठहरा हुआ था।

टाई के बाद फिर कोट का नम्बर था। वह बेइख़्त्यार होकर चिल्लाने लगा ही था, कि 'तपस्या! आकर कोट पहना जाओ,' लेकिन वह एकदम रुक गया। अब तपस्या कभी उसे कोट न पहनाएगी।

दो वर्ष हुए, राबिन्दर को एकदम आभास हुआ था कि तपस्या एक सफल पत्नी नहीं। यानी वह ऐसी पत्नी नहीं जैसी वह उसे देखना चाहता था। फिर इन दो वर्षों में यह दूरी बढ़ने लगी। और फिर वह समय भी आ गया जब यह दूरी केवल फैली नहीं, बल्कि गहरी भी होती चली गई। वह एक-दूसरे से दूर होते गए और आज उन्होंने निर्णय कर लिया था कि वे एक-दूसरे से अलग हो जाएं।

उसने कोट पहना और दूसरे कमरे में जाकर बूट पहन लिए। वह ड्राइंगरूम में पहुंचा तो मेज़ पर पर्स, तालियां और ऐनक पड़े थे। हर रोज़ तपस्या इन्हें इसी तरह रखती थी। आज भी उसने इन्हें रख दिया था। लेकिन विदा करने के लिए स्वयं आकर नहीं खड़ी हुई थी। राबिन्दर ने सोचा यह अजीब मज़ाक है। तपस्या उसे चिढ़ा रही थी। उसका निजी काम पूर्व की भांति कर रही थी और अपने को बीच में से हटा रही थी। जैसे प्रकट करना चाहती थी कि मेरे बाद यह सब तुम्हें करना पड़ेगा और मैं जानती हूं कि तुम इतने सुस्त, आलसी और लापरवाह हो कि एक कमीज़ तलाश करने के लिए सारा वार्डरोब खराब कर डालोगे। अपना पर्स और ऐनक तलाश करने में पूरा ड्राइंगरूम उलटा कर दोगे। इसके विपरीत तुम अपनी इच्छानुकूल कोई चीज़ न पा सकोगे।

राबिन्दर होंठों में मुस्कराया। उसने ऐनक कोट के अन्दर की जेब में डाली। पर्स हिप-पॉकेट में और चाबियां बाहर की जेब में।

दरवाज़े में रुककर उसने पहले की भांति कहना चाहा 'अच्छा मैं जा रहा हूं,' लेकिन आज तपस्या पास न खड़ी थी।

उसके दिल में एक टीस-सी उठी। लेकिन अब यह टीस गलत बात पर उठ रही थी।

बाहर निकलकर उसने कार का दरवाज़ा खोला। कार स्टार्ट करने से पहले एक बार फिर दरवाज़े पर निगाह डाली कि शायद तपस्या नज़र आ जाए। लेकिन तपस्या तो अब छुप रही थी। अब वह नज़र न आ रही थी।

उसने कार स्टार्ट की और दफ्तर चला गया।

तपस्या ने कार स्टार्ट होने और जाने की आवाज़ सुनी और ड्राइंगरूम में आ गई। उसने दरवाज़े को कुंडी चढ़ा दी।

रेडियोग्राम पर राबिन्दर और तपस्या की तस्वीर पड़ी थी, जो शादी के दूसरे दिन विवाह के जोड़े में उतारी गई थी। इसके नीचे विवाह की तिथि लिखी थी,

11 फरवरी, 1945।

और आज 30 नवम्बर थी। दो मास और ग्यारह दिन बाद इनकी शादी की पन्द्रहवीं सालगिरह होगी।

तपस्या तस्वीर देखते-देखते अतीत में खो गई। पन्द्रहवीं सालगिरह यानी सोलह बरस। और सोलह वर्ष कैसे बीत गए थे, जैसे यह वर्ष न थे बल्कि दिन थे, पल थे, घड़ियां थीं।

जब इनकी शादी हुई थी, वह बाईस बरस की थी। और आज वह लगभग अड़तीस बरस की थी।

आज वह कहने पर विवश हो गई थी कि तलाक या एक-दूसरे से अलग रहना ही हमारी समस्या का एकमात्र हल था। लेकिन उसने गुस्से और भावावेश में तलाक या अलग होने की बात कही थी। तलाक या अलग रहने का यह झगड़ा एक बरस से चल रहा था। पति-पत्नी में झगड़े होते ही रहते हैं। तलाक और अलग होने की धमकियां दी जाती हैं, फिर आप ही गुबार उतर जाता है। कुछ दिन वे एक-दूसरे से नहीं बोलते। फिर बोलने पर विवश हो जाते हैं।

तपस्या जानती थी कि आज राबिन्दर ने उसे विवश करके कहलवा लिया था। और परिस्थिति भी ऐसी ही थी कि बात बढ़ने से बात बिगड़ती। इसलिए उसने तलाक स्वीकार करके बात बिगड़ने से रोक दी थी, यद्यपि सामयिक रूप में ही सही। वह जानती थी, दो-चार दिन में यह बादल छट जाएंगे और पहले की भांति फिर समझौता हो जाएगा।

राबिन्दर ने कहा था, "परिस्थिति को देखते हुए इस ढोंग की शादी को कब तक ज़िन्दा रखा जा सकता है! आखिर इसका इलाज क्या है? एकमात्र इलाज यही है। शायद इसी तरह के वाक्य राबिन्दर ने कहे थे। और उसने आप ही जवाब दिया था, "तलाक।"

तलाक इसका हल हो सकता है, लेकिन तपस्या ने स्वीकार न किया था कि मैं तलाक चाहती हूं या अलग रहना चाहती हूं।

राबिन्दर ने शर्तें पूछी तो तपस्या ने बता दी कि मैं आकाश को ले जाऊंगी, तुम धरती को रख लेना।

घर के सामान का बंटवारा कैसे होगा? इसके बारे में राबिन्दर ने कह दिया था।

लेकिन यह बात बिगड़ी क्यों? उसने ऐसा गलत कदम क्यों उठाया?

राबिन्दर ने कई बार कहा था कि मेरे दोस्त मेरे दोस्त हैं और वे मेरी वजह से तुम्हारी इज़्ज़त करते हैं। लेकिन जब फैसला करना होगा कि राबिन्दर और तपस्या में किसको अपनाना है तो वे निश्चय ही राबिन्दर को अपनाएंगे। क्योंकि वे राबिन्दर के दोस्त हैं।

आज सुबह सूरज आया था। सूरज राबिन्दर का बहुत ही गहरा और जान छिड़कने वाला मित्र था। दूसरे दोस्तों की तरह आज तक उसने राबिन्दर के विरुद्ध एक शब्द न कहा था, बल्कि जब वह चर्चा चलती, सूरज उस चर्चा को झुठलाकर विवाद का विषय बदल देता। राबिन्दर के सब साथी और मित्र उससे कुछ न कुछ आशा रखते थे—खाने, रुपये, शराब, सिगरेट के एक पैकेट की। लेकिन सूरज से राबिन्दर ने कभी कुछ भी आशा न की थी; बल्कि हर समय, हर क्षण राबिन्दर के लिए कुछ करना चाहता था। लेकिन जहां तक सम्मान का प्रश्न था, तपस्या ने कभी सम्मान में कमी अनुभव न की थी। उसने सूरज को अपना राज़दार बनाना चाहा तो सूरज सदा की तरह बच निकला था। और आज तो बात ही बिगड़ गई थी।

कुछ दिन पहले रात के नौ बजे सूरज आया था। और निमंत्रण दे गया था कि सुबह उसके लड़के का मुंडन है—इसलिए प्रीतिभोज में सम्मिलित हुआ जाए।

यह सच था कि सूरज ने तपस्या को सम्बोधित करके नहीं कहा था लेकिन आमंत्रण देते समय सूरज ने यह भी न कहा था कि दावत में केवल राबिन्दर को ही सम्मिलित होना है। वर्षों पुराने संबंध थे। तपस्या सूरज की शादी में बारात में सम्मिलित हुई थी। सूरज की पत्नी को तपस्या ने शगुन डाला था। कई बार उनके यहां खाना खाया था, दर्जनों बार सूरज ने इनके यहां खाना—नाश्ता वगैरा लिया था, छोटे-मोटे उपहार दिए जाते थे। सारांश यह कि इनमें घरेल संबंध थे। दोनों में किसी बात पर मतभेद न था और न ही एक-दूसरे को वे अपना मित्र समझते थे।

अगले दिन सुबह निश्चित समय पर राबिन्दर उनके यहां जाने के लिए तैयार होने लगा तो उसने स्वभावानुसार तपस्या से न कहा कि तुम तैयार हो जाओ।

तपस्या उसके व्यवहार से बल खाकर रह गई। वह समझ गई कि राबिन्दर जान-बूझकर ऐसा कह रहा है। वह उसे अपने साथ पार्टी में ले जाना नहीं चाहता था।

अंतिम क्षण तक तपस्या को विश्वास था कि राबिन्दर उसे छोड़कर न जाएगा, बल्कि कहेगा कि तपस्या, तुम अभी तक तैयार नहीं हुईं। लेकिन जब राबिन्दर तैयार होकर जाने लगा तो दरवाज़े पर रुककर धीरे से बोला, "अच्छा, मैं जा रहा हूं।"

तपस्या पर घड़ों पानी पड़ गया। एक क्षण के लिए दुनिया रुक गई, दुनिया की तमाम रोशनियां बुझ गईं। नारी के अहं को ज़बरदस्त ठेस लगी थी। तपस्या गुस्से में उबलने लगी।

और अब इसी व्यवहार और बर्ताव को याद करके तपस्या एक बार फिर गुस्से से कांपने लगी। राबिन्दर इतना दुष्ट और निर्दयी भी हो सकता था, उसके स्वप्न में भी यह बात न आई थी।

इसी क्षण किसीने दरवाज़े पर दस्तक दी। तपस्या विचारधारा से बाहर निकलकर वास्तविक दुनिया में लौट आई। उसने विवाह वाली तस्वीर से निगाहें हटाईं और बढ़कर दरवाज़ा खोल दिया।

बाहर मिसेज़ चावला खड़ी थीं, "हलो डियर!" मिसेज़ चावला ने मुस्कराकर कहा।

"हलो! आओ, अंदर आओ!" कहकर तपस्या ने रास्ता छोड़ दिया।

मिसेज़ चावला अंदर आकर सोफे पर बैठ गईं। तपस्या सामने वाले सोफे पर बैठ गई।

"आज दफ्तर बंद है?" तपस्या ने सवाल किया।

"नहीं! मैंने छुट्टी ले ली थी। कुछ मूड ही ऐसा था," मिसेज़ चावला अपनी भारी आवाज़ में बोली, "सोचा, तुम्हें साथ लूं और पिक्चर चलें या किसी रेस्टोरेंट में बैठें। अगर यह न जंचे तो ऊन के नमूने देखने चलें। नावल्टी में नई साड़ियों का विज्ञापन छपा था। जैन के यहां ऊन के नये-नये डिज़ाइन आए हैं। आधा किलो ऊन के साथ गिफ्ट भी दे रहे हैं। खैर, यह बाहर जाकर सोचेंगे। तुमने लंच कर लिया है?"

"हां।"

"बात क्या है, आज कुछ खोई-खोई-सी हो?" मिसेज़ चावला ने सवाल किया।

"आज फिर तकरार हो गई।"

और मिसेज़ चावला ने गहरा सांस लिया, "मैं कहती हूं इस रोज़-रोज़ के झगड़े से तो बेहतर है कि अलग हो जाओ।"

"आज यही फैसला हुआ है।" तपस्या ने कहा।

"सच?"

"हां। उन्होंने पूछा कि शादी के इस ढोंग को किस तरह खत्म किया जा सकता है, तो मैंने जवाब दिया कि तलाक लेकर।"

"तो नौबत यहां तक पहुंच गई! और तुमने अपनी राय भी बता दी! यद्यपि हमारा पति यह कहा करता था। सच पूछो तो तपस्या, औरत अब घर की चारदीवारी को शोभा बनकर नहीं रह सकती। मैं हैरान हूं कि तुम ग्रेजुएट हो, फिर भी इस चूल्हे चौके के अलावा कुछ और क्यों नहीं सोचती हो! तुम्हारी संतान भी उपयुक्त है। एक लड़का पन्द्रह बरस का, एक लड़की आठ बरस की। सारा दिन क्या करती हो? क्यों नहीं कोई नौकरी कर लेती हो? एक तो आत्मनिर्भर हो जाओगी और कल अगर अलग भी हो जाओ तो ऐसे बगुलाभगत पति के आगे झुकना तो न पड़ेगा।"

"मिसेज़ चावला, तुमने उस दिन भी मेरे पति के बारे में यही शब्द प्रयोग किया था। उस दिन तो मुझे ज़रा बुरा लगा था, लेकिन अब मैं समझती हूं कि वह एक नम्बर का बगुलाभगत है। बददिमाग भी है। ऐसा आदमी शायद ही मिले।"

"खैर, तुमने इतना समय लिया उसको समझने के लिए। मैं पहली ही मुलाकात में समझ गई थी। याद है ना जिस दिन पहली बार तुम्हारे यहां आई थी तो वह कहीं जाने के लिए तैयार था। तुमने मेरा परिचय कराते हुए कहा था कि यह मेरी सहेली हैं मिसेज़ चावला, रिलीफ फंड के सिलसिले में मुलाकात हुई थी। मैंने हाथ जोड़कर नमस्ते की थी, लेकिन तुम्हारे पति ने कोई जवाब नहीं दिया था। सभ्यता के नाते उन्हें नमस्ते का जवाब देना चाहिए था। भगवान ने मुझे ऐसी सूरत दी है कि लोग मुझसे मिलकर खुश होते हैं, बल्कि मिलने के इच्छुक रहते हैं। लेकिन उसने तो शिष्टाचार निभाने के लिए भी कोई वाक्य नहीं बोला था। केवल इतना कहा था कि आप बैठिए मैं दफ्तर जा रहा हूं। और घर से बाहर। उसके व्यवहार से मैंने यह अंदाज़ा लगा लिया था कि यह एक नम्बर का बगुलाभगत है। न मालूम तुमने कैसे सोलह बरस ऐसे के साथ गुज़ारे हैं। मैं तो दो बरस में ही तलाक दे देती। मेरे कहने में चलोगी तो खुश हो जाओगी। हरदम

खुश और हंसती-खेलती। यद्यपि कैप्टन की तनख्वाह में हम गुज़ारा कर सकते हैं, लेकिन तुम जानती हो जैसे ही पति को पता चले कि बीवी पुराने विचारों की है, वह फौरन बीवी को झटककर रख देते हैं। जैसे लार्ड हों, और पत्नी न हई लौंडी हई। नहीं तपस्या, मुझे तुम्हारी स्थिति पसंद नहीं आती। मेरी तरफ देखो, ब्रिटिश फर्म में काम करती हूं। साढ़े चार सौ रुपये मासिक मिलते हैं और साल में तीन महीने की तनख्वाह बोनस। और एक तुम हो, इतनी पुरानी ग्रेजुएट और एक ऐसे बगुलाभगत से निबाह रही हो।"

"मैं क्या कर रही हूं, यह तो भाग्य है। मैं तो कलाकार बनना चाहती थी। कालेज के ड्रामों में फर्स्ट आती थी और सहेलियां कहती थीं कि यदि मैं फिल्म में चली जाऊं...। सच, अगर चली गई होती तो उस समय की चोटी की तीन-चार अभिनेत्रियों के मुकाबले में आ सकती थी। आज लाखों में खेलती। यूरोप, अमेरिका घमती। लेकिन अब तो ज़िंदगी ही बरबाद हो चुकी है। तमाम अरमान दबा डाले। सामने जवानी की तस्वीर पड़ी है। क्या मैं हीरोइन नहीं बन सकती थी?" तपस्या ने सवाल किया।

"बिल्कुल।" मिसेज़ चावला गुर्राई।

"मुझसे चूक हो गई।" तपस्या ने स्वीकार किया।

"ओ, नो। ऐसा कभी मत सोचो। अपनी चूक को अपना हक सिद्ध करो। ऐसे बगुलाभगत के सामने यदि तुमने अपनी चूक स्वीकार कर ली तो वह तुमपर छा जाएगा। और वह तुम्हें मानसिक यातना देगा। मैं कहती हूं, तुम्हारा पति न मैनर्ज़ जानता है न ऐटीकेट जानता है। यदि मैं गलती पर नहीं हूं तो ऐसे लोग ज़ालिम भी होते हैं।"

"अब तो मैं भी यह स्वीकार करती हूं। अभी कुछ दिन हुए, इनके एक दोस्त ने भो अपने खत में इन्हें बगुलाभगत लिखा है। उस दिन के बाद से तो मुझे विश्वास-सा हो गया है। अगले दिन की बात है कि आकाश स्कूल की रिपोर्ट बुक लाया तो उसपर टीचर के विरुद्ध रिमार्क लिख दिया। आकाश ने रिपोर्ट-बुक वापस की तो टीचर आग-बबूला हो गया। अब तुम स्वयं ही अनुमान लगाओ कि टीचर ने आकाश को किस बुरी तरह नक्कू किया होगा। तमाम क्लास में उसको लज्जित किया गया। और पूरी क्लास में कहा कि आकाश का डैडी कुंठित आदमी है, हर बात में अपना बड़प्पन जताने की चेष्टा करता है। बिचारा आकाश भरी

क्लास में रोने लगा।"

"वह तो होना ही था। ऐसे लोग यह भी नहीं सोचते कि इनकी बगुलाभगती से बच्चों पर क्या प्रभाव पड़ता है!" मिसेज़ चावला ने मुंह बिगाड़कर कहा।

"हर बात में उच्चत्व की भावना जताना। सचमुच अब मैं समझती हूं कि बगुलाभगत किसे कहते हैं? मिनिस्टरों के बारे में कहता है कि वे गधे हैं। उन्हें राजनीतिज्ञों की अवैध संतान कहता है। सचमुच यदि मैं कहूंगी कि अमुक हीरोइन यूरोप गई है तो मुंह बिगाड़कर कह देगा कि मेरे ज़िले के हज़ारों तरखान और जाट इंगलैंड, अमेरिका, कैनेडा, हांगकांग, सिंगापुर, फिज़ी, अफ्रीका में बसते हैं। अब तो उसकी सही तस्वीर समझ में आ गई है।"

"तो मैं कह रही थी कि कभी मत समझना कि तुमसे चूक हई है। आज नारी को बराबर के अधिकार हैं। वह लौंडी नही। वह दासी नहीं। आज नारी गवर्नर बन सकती है, अम्बेसेडर बन सकती है। आई० ए० एस० और पी० सी० एस० के मुकाबले में भाग लेकर डिप्टी कमिश्नर के ओहदे पर पहुंच सकती है। वह कचहरी में बैठकर मैजिस्ट्रेट या जज के कर्तव्य पूरे कर सकती है।"

"तुम ठीक कहती हो।" तपस्या ने बात काटी। आखिर कोई तो इससे बेहतर सोच सकती थी। रिलीफ फण्ड के सिलसिले में औरतों ने एक संस्था बनाई थी। और वह कुछ महीने हुए मिसेज़ चावला से वहां ही मिली थी। फिर मुलाकात दोस्ती में बदल गई थी और अब वह एक-दूसरे के बहुत करीब थीं।

"आज क्या हुआ था?"

"आज..." तपस्या ने कहानी शुरू की। फिर सूरज की बात सुनाकर कहा, "तो उस दिन जब यह अकेले चले गए तो मैं बल खाकर रह गई। मैं समझ गई कि उन्होंने जान-बूझकर ऐसा किया है। वह मुझे जताना चाहते हैं कि मैं अब पत्नी का दर्जा नहीं रखती।"

"पहला फंक्शन था?"

"नहीं, चार महीने हुए, एक शादी में भी नहीं ले गए थे।"

"बगुलाभगत, शुरू से अन्त तक।"

"जानती हो..." तपस्या कहते-कहते रुक गई।"

"रुक क्यों गईं! कह डालो।"

"सोच रही थी, कहूं या न कहूं।"

"मुझसे मत छुपाओ, मैं तुम्हारी शुभचिंतक हूं।"

"एक बरस हुआ, एक या दो झगड़ों के बाद कहा।" तपस्या फिर रुक गई।

"हां, हां, कह डालो?"

"मैं तुम्हें आज से पत्नी नहीं समझता।"

"तो क्या समझता है?"

"रखैल।"

"पन्द्रह बरस एक औरत को पत्नी बनाकर, दो बच्चों की मां बनाकर, रखैल बना डाला! और जो व्यवहार रखैलों से किया जाता है वही करने लगा!"

"पार्टियों में मैंने जाना बंद कर दिया। बच्चों की पालना करने लगी। घर की निगरानी करने लगी। इसके बदले में मिलता रोटी-कपड़ा, जो एक रखैल को दिया जाता है। रखैल को भी तो लोग पारिवारिक उत्सवों में नहीं ले जाते, खुलमखुल्ला उसके साथ नहीं घूम सकते।"

"तपस्या, ऐसे आदमी से अलग हो जाओ। इसका दिमाग इस तरह ठीक हो जाएगा।"

"लेकिन तुम एक बात भूल रही हो।"

"क्या?"

"यह कई लाख का आदमी है। अपना कारोबार है। बिज़निस बहुत मज़बूत है।"

"लेकिन वी० आई० पी० तो नहीं। इस सूरत में अपनी पोज़ीशन बचाने की खातिर तुम्हारे सामने झुकने पर विवश हो जाएगा। जानती हो, नंगे आदमी को ब्लेकमेल नहीं किया जा सकता, अमीर और पोज़ीशन वाले लोगों को किया जाता है।" मिसेज़ चावला ने रोशनी डाली, "खैर फिर क्या हुआ?"

"उस दिन मैं बल खाकर रह गई। अब सूरज से हमारे घरेलू सम्बन्ध हैं। फंक्शन के तीसरे दिन रात को चर्चा चल पड़ी। बातों में मुंडन की चर्चा हुई तो कहने लगे, 'तुमने मेरे साथ जीवन-भर जो किया है वह अब खुला रहस्य है और जो मेरे शुभचिंतक, हमदर्द और निकटवर्ती लोग हैं, वह जानते हैं कि तुम मेरे जीवन में एक कांटा बनकर रह गई हो।"

"कांटा! एक सुन्दर लड़की जब औरत बन गई, अधेड़ बन गई तो कांटा बन गई। पत्नी न रही, रखैल बन गई। ऐसी बददिमागी! फिर क्या हुआ?" मिसेज़

चावला ने गुस्से में कहा।

"लोग जानते हैं कि तुमने मेरे साथ ज़्यादतियां की हैं। मुझे नीचा दिखाने में कोई कसर नहीं छोड़ी। अब सूरज को इन सब बातों का पता चल गया है। उस दिन उस मुंडन-पार्टी में दावत न देकर उसने सिद्ध कर दिया है कि तुमने मेरे दोस्त के साथ अन्याय किया है। मैं तुम्हें मुंडन की दावत न देकर हल्के तरीके से यह बताना चाहता हूं कि मुझे दोस्त प्रिय है। और तुम उसकी वजह से मेरे करीब हो।"

"इतना अपमान?"

"अब यह सुनकर मैं आपे से बाहर होना चाहती थी। लेकिन उन्होंने पी रखी थी। मैं चुप होकर सोचने लगी कि इस आदमी ने अब बाहर अपने दोस्तों को बता दिया है कि मैं अपनी पत्नी को रखैल समझता हूं और जिस तरह राम ने सीता को घर से निकालकर सोने की सीता बनाकर यज्ञ करना चाहा था, उसी तरह अब मैं शेष जीवन तुम्हारे साथ नहीं तुम्हारी मूर्ति के साथ निभाऊंगा।" तपस्या ने उलाहने-भरे स्वर में कहा, "अब मैंने इसे अपनी बेइज़्ज़ती समझा।"

"बिलकुल, कोई पति अपनी पत्नी की इससे ज़्यादा इन्सल्ट नहीं कर सकता। पन्द्रह वर्ष एक नारी को पत्नी बनाकर रखने के बाद उसे कह देना कि तुम मेरी पत्नी नहीं हो, रखैल हो!" मिसेज़ चावला ने तीखे स्वर में कहा।

"खैर, मैं बहुत परेशान हो गई। मेरे मस्तिष्क में उथल-पुथल मच गई थी और मैं वास्तविकता जानना चाहती थी। तथा सूरज का भी यही व्यवहार है या वह केवल मेरे पति के दिमाग की उपज है, मैं सब कुछ जानना चाहती थी।

"और आज सुबह सूरज आ गया। यह उठकर बाथरूम गए और मैं चाय लगा रही थी। मैंने धीरे से कहा, 'क्या बात है, आपने मुंडन पर मुझे आमंत्रित नहीं किया?'

"उसने कहा, 'किया कैसे नहीं। बल्कि राबिन्दर से जब मैंने यह कहा कि भाभी क्यों नहीं आईं तो उसने जवाब दिया कि घर में कुछ मेहमान आए हैं। बल्कि मेरी पत्नी ने भी पूछा था कि मिसेज़ राबिन्दर क्यों नहीं आईं।'

"लेकिन यह तो कहते थे कि आपने दावत दी ही नहीं,' मैंने कहा।

" 'भाभी, ऐसे कैसे हो सकता है!' सूरज ने जवाब दिया।

" इतने में यह बाथरूम से लौट आए। मैंने सोचा कि सब कियाधरा इन्हींका है। सूरज का कोई दोष नहीं। यह मुझे जान-बूझकर नहीं ले गए।

"लेकिन सूरज ने अपनी पोज़ीशन खराब होते देखी तो इनसे कहने लगा, 'क्या बात है राबिन्दर साहब, भाभी शिकायत कर रही हैं कि मैंने इन्हें आमन्त्रित नहीं किया।'

"इन्होंने मुझपर अग्नि-भरी दृष्टि डाली। भांडा फूट गया था। मेरे वहम व गुमान में भी नहीं था कि सूरज इनसे कह देगा। अब मेरी विजय पराजय में बदल गई थी।"

"इसका मतलब है, राबिन्दर की भांति सूरज भी बगुलाभगत है।" मिसेज चावला ने बात काटी।

"अब तक तो न समझती थी, लेकिन अब तो यही समझती हूं कि यह भी कम नहीं। उसे अपने पैसे का गर्व है। खैर, मैंने कोई उत्तर न दिया। मैंने सोचा कि अब बात खत्म हो जाए तो बेहतर है। आखिर मुझसे गलती तो हो ही गई थी कि मैंने पति के विरुद्ध जुबान खोली।"

"ओह नहीं, तपस्या। ऐसा मत सोचो। तुमने कोई गलती नहीं की। यह तुम्हारा हक था। आखिर वह तुम्हारे साथ एक रखैल का सा व्यवहार क्यों कर रहा है? तुम्हें अपनी पोज़ीशन के बचाव की खातिर यह सब पूछना ही था।" मिसेज़ चावला ने कहा।

"लेकिन ऐसा हो न सका। सूरज ने दूसरा सवाल किया, 'भाभी, कहिए ना कि राबिन्दर ने ऐसा कहा था कि मैंने दावत न दी थी!'

"सूरज सच्चा था। वह अपनी पोज़ीशन साफ करना चाहता था। मेरी पोज़ीशन बहत बिगड़ गई। जब दूसरी बार भी मैंने जवाब न दिया तो सूरज ने हठ पकड़ ली। मैंने झल्लाकर कहा, 'शायद कहा होगा।'

" 'शायद!' सूरज ने चौंककर मुझे देखा, 'लेकिन आप ही ने तो कहा है और आप ही शायद शब्द का प्रयोग कर रही हैं।' बस यह हुआ।" तपस्या ने गहरा सांस लेकर कहा।

"तुमने कोई भूल न की। कोई गलती नहीं की। अपने दिमाग से परेशानी दूर कर दो।" मिसेज़ चावला ने कहा, "फिर तलाक की बात कैसे चली?"

"खाने के समय इन्होंने कहा, 'जब यह ढोंग यानी शादी हर तरह असफल सिद्ध हो जाए जो इसका एकमात्र इलाज क्या है?' और मैंने जोश में कह डाला, 'तलाक'।"

"हूं।" मिसेज़ चावला ने गहरा सांस लिया, "तो तुमने स्वीकार कर लिया!"

"हां। फिर इन्होंने शर्तें जाननी चाहीं। मैंने कह दिया कि मैं आकाश को ले जाऊंगी। जैसे ही मुझे नौकरी मिल जाएगी..."

"और जायदाद का हिस्सा?"

"मेरे कपड़े और गहने मेरे ही हैं। उन्होंने कहा कि वह कुछ हज़ार रुपये घर की सजावट के बदले दे देंगे।"

"और धरती कहां रहेगी?"

"इनके पास।"

"और आकाश का जायदाद का भाग?"

"वह मैंने पूछा ही नहीं।"

"वह तुम्हें तलाक दे सकता है, लेकिन आकाश उसका बेटा है। वह उसे जायदाद से वंचित नहीं कर सकता।" मिसेज़ चावला ने उसे कानूनी नुक्ता बताया, "मेरा एक रिश्ते का भाई वकील है, तुम उससे मिलो। तुम जायदाद का हिस्सा हासिल करो अपना और आकाश का।"

"अभी नहीं। शायद वह स्वयं ही मेरी बातें मान लें।"

"फिर आज शाम को तमाम बातें पूछ लो। तपस्या, मत सोचो कि तुमने कोई गलती की है! इस उम्र में दूसरी शादी इतनी आसान नहीं। फिर ऐसे बगुलाभगत से कौन शादी करेगी। धरती को पालना पड़ा तो दिमाग ठिकाने आ जाएगा। अब तुमने यह स्टैंड लिया है तो झुकना नहीं।" मिसेज़ चावला ने पूरे जोश से कहा।

"लेकिन इनके पास दौलत है। मान-मर्तबा है। इनकी शादी मुश्किल नहीं।" तपस्या ने आशंका प्रकट की।

"इसलिए कि तुमने अपनी ज़िंदगी घर की चारदीवारी में गुज़ार दी है। केवल कुछ महीनों से सोसाइटी में निकलना शुरू किया है। केवल अपने पति के मित्रों के सम्पर्क में रही हो। तुमने अपनी पसंद और मर्ज़ी का सर्कल नहीं बनाया। तपस्या, अब औरत इस दुनिया में अकेली नहीं रही है। अब औरत वह मिसरी की डली नहीं जिसे जो चाहे मुंह में डाल ले। तुम नौकरी की कोशिश जारी रखो।

मैं भी दो-एक जगह बात करूंगी। इस बगुलाभगत ने तुम्हारी जिंदगी अपनी मुट्ठी में बंद कर रखी है। तुम्हें पता ही नहीं कि आज़ादी क्या है, अधिकार क्या है, अपनी कमाई क्या है! वेश्या भी तो मर्द के साथ सोती है और मर्द उसकी हथेली पर नोट रख देता है। बच्चे पालना, घर का काम-काज, नौकरानी और धोबिन बनना ही बीवी बनना नहीं होता। इसने तुम्हारी ज़िदगी को जंग लगा डाला है।"

"ख़ैर, मैं सोचूंगी। अब क्या प्रोग्राम है?"

"आओ चलकर बाज़ार की सैर करें। नई आई चीज़े देखें और इस परेशानी को दिमाग से धो दें।" और वे बाज़ार चल दी।

शाम को राबिन्दर घर में दाखिल हुआ तो ड्राइंगरूम में आकाश और धरती बैठे थे।

प्रतिमा की भांति आकाश ने उसे देखकर कहा, "हलो डैडी!"

"हलो!" राबिन्दर ने पहले की तरह 'हलो आकाश' न कहा। जैसे उसे यह शब्द कहने में कोई कठिनाई हो रही थी। जैसे आकाश के साथ अब उसका कोई रिश्ता न था।

आकाश ने अपना हाथ आगे बढ़ाया, लेकिन राबिन्दर का हाथ कोट की जेब में था। आकाश ने इस परिवर्तन को अनुभव न किया। उसने समझा था कि डैडी सिगरेट का पैकेट निकाल

"हलो डैडी।" धरती बोली।

"हलो धरती।" राबिन्दर ने पूर्ण उत्साह से कहा।

इसी समय तपस्या अन्दर आ गई। राबिन्दर ने न उसपर निगाह डाली और न ही उसे बुलाया।

"डैडी! कल स्कूल में पेरेण्ट-टीचर्स-डे है। और मेरे सर ने कहा है कि आप ज़रूर आएं।" आकाश ने कहा।

"कल मैं एक मिनिस्टर से मिल रहा हूं। इसलिए न आ सकूंगा।" राबिन्दर ने सिगरेट सुलगाते हुए कहा।

"लेकिन डैडी! आप तीन बार मासिक मीटिंग में नहीं गए। सर आपसे हिसाब के बारे में बातचीत करना चाहते हैं।"

"अपनी मम्मी को ले जाना।" राबिन्दर ने धीरे से कहा।

तपस्या चिढ़ गई। वह आज से ही आकाश को पराया समझने लगा था;

जैसे आज ही अलहदगी धारण कर ली है।

"डैडी!" धरती बोली।

"येस, बिटिया रानी!"

"मुझे ड्रेस के लिए बुस्टेंड चाहिए।"

"कल मैं चपरासी को भेज दूंगा। स्कूल से छुट्टी हो तो उसके साथ दफ्तर आ जाना। मैं ले दूंगा।" राबिन्दर ने कहा।

"ओह!" तपस्या ने सोचा। अभी से दोनों में अन्तर पैदा कर दिया। अभी से आकाश को पराया बना डाला।

"डेडी!" आकाश बोला, "हम स्कूल की तरफ से अजन्ता टूर पर जा रहे हैं। पचास रुपये जमा कराने हैं।"

"तुम्हारे इम्तहान करीब आ रहे हैं और तुम सैर-सपाटे की सोच रहे हो! अभी-अभी तुमने कहा था कि तुम्हारे सर हिसाब के लिए मुझसे बात करना चाहते हैं।" राबिन्दर ने लापरवाही से कहा और कमरे से बाहर निकल गया।

इस जवाब से आकाश का चेहरा उतर गया। उसने मम्मी को देखा। लेकिन तपस्या चुप रही। वह सोच रही थी कि आज दिन में ही मिसेज़ चावला ने कहा था कि राबिन्दर जैसे आदमी कपटी भी होते हैं। और अब राबिन्दर ने इसका प्रदर्शन शुरू कर दिया था। उसने आज से ही सन्तान में अन्तर पैदा कर दिया था। धरती को चपरासी ले जाएगा और गर्म कपड़ा खरीद लिया जाएगा और आकाश के लिए मम्मी चली जाएगी। और अजन्ता जाना जरूरी नहीं!...तपस्या उबलने लगी।

राबिन्दर लौटा तो उसके हाथ में व्हिस्की की बोतल, गिलास और पानी का जग था। उसने इन्हें मेज़ पर रखा और धरती से कहा, "धरती बेटा!"

"येस डैडी!"

"तुमने डिनर कर लिया?"

"येस डैडी।"

"देखो, नौ बज रहे हैं। अब तुम अपने बेडरूम में जाओ।"

धरती कहानियों की किताब पढ़ रही थी। उसने वह रख दी, "ओके डैडी, गुडनाइट!"

"गुडनाइट माई चाइल्ड।"

"गुडनाइट, मम्मी!"

"गुडनाइट डियर।"

धरती ने आकाश को गुडनाइट न की। वह जानती थी कि आकाश सोने से पहले हर रोज़ की तरह उसे कहानी सुनाएगा।

राबिन्दर ने आकाश को गुडनाइट न की। वह हैरान-सा अपने डैडी को देख रहा था। डैडी व्हिस्की में पानी मिला रहे थे।

"गुडनाइट डियर।"

"गुडनाइट...।" राबिन्दर 'सन' शब्द कहना चाहता था लेकिन प्रतिदिन की तरह उसने कहा नहीं।

तपस्या ने यह परिवर्तन नोट कर लिया था।

"गुडनाइट मम्मी।"

"गुडनाइट, सन।"

जब वह कमरे में अकेले रह गए तो तपस्या बोली, "आप डिनर कब कर रहे हैं?"

"तुम कर लो। मेरी प्रतीक्षा मत करो।"

"अगर आप दो-एक पैग ही पीना चाहते हैं तो मैं इंतज़ार कर सकती हूं।" तपस्या ने उत्तर दिया।

"मैं तीन पैग पीने के बाद फैसला करूंगा कि कितनी पीना चाहता हूं!"

"ओह..." तपस्या ने कहा। वह समझ गई कि राबिन्दर ज़्यादा पीकर उसपर बरसेगा या सुबह की बात और तलाक के बारे में बहस करेगा। वह तो अपने को इस वातावरण के लिए तैयार समझती थी।

कमरे में नीरवता छा गई। राबिन्दर दूसरा पैग खत्म कर चुका था और तीसरा तैयार कर रहा था। तपस्या ने सोचा अब अवसर है। लोहा अब गर्म है। अब उसे चोट लगा देनी चाहिए।

"आपने जान-बूझकर आकाश का दिल तोड़ा है। और उसे अजन्ता जाने की अनुमति नहीं दी।" तपस्या ने कहा।

"तुमने ठीक कहा है। आखिर अभी से उसे आभास हो जाना चाहिए कि हम अलग हो रहे हैं और वह तुम्हारे साथ रहेगा। यदि मैं अपना प्यार और स्नेह जारी रखता हूं तो अलहदगी के बाद उसे कष्ट होगा।" राबिन्दर ने कहा।

"लेकिन अलग अभी हुए कहां हैं?"

"हो जाएंगे। मैं आज दिन-भर इसीके बारे में सोचता रहा हूं।" कहकर राबिन्दर चुप हो गया।

"फिर, क्या सोचा?" तपस्या ने उत्सुकता पर काबू पाना चाहा।

"सोचना क्या था! फैसला तो आज हो ही गया था। शर्तें भी तय हो गई थीं। बस केवल यह सोचता रहा कि कौन-सा दिन इस नेक काम के लिए मुबारक होगा!"

"हूं।" तपस्या बल खाकर रह गई। तो दिन का भी फैसला कर लिया था। और वह भी उससे पूछे बिना! हर बात का अब फैसला यह आप ही करेंगे। केवल फैसले से सूचित कर दिया करेंगे। पर फैसला अब इकतरफा होगा। मिसेज़ चावला ने ठीक कहा था कि वह व्यक्ति बददिमाग है।

"हमारी शादी 11 फरवरी, 1945 को हुई थी।"

"मुझे याद है। सामने तस्वीर पर भी लिखा है।" तपस्या ने चिढ़कर कहा।

"और तीन तारीख को सगाई।"

"वह भी याद है। और वह साड़ी अब तक मैंने संभालकर रखी है जो अंगूठी के साथ सगाई के दिन आपने मुझे दी थी।"

"हा, हा!" राबिन्दर खिलखिलाकर हंस पड़ा।

तपस्या उसे घूरने लगी। "इसमें हंसने की क्या बात है?"

राबिन्दर ने हंसी रोककर कहा :

"तुम अंगूठी, साड़ी, मंगनी की और इसके बाद शादी की बातें तो यों करना चाहती हो, जैसे हम इस रिश्ते को मज़बूत कर रहे हों। जैसे आग के सामने बैठकर हमने जो वायदे और प्रतिज्ञाएं की थीं उन्हें दुहराना इसलिए ज़रूरी हो गया है कि रिश्ता पक्का हो जाए और बंधन बंधा रहे। इसके विपरीत हमें भावनाओं और उद्गारों से दूर भागना है। हमें अब याद नहीं करना है कि शादी किस दिन की थी, सगाई किस दिन हुई थी। सगाई पर कौनसी अंगठी मिली थी और कौन-सी साड़ी। हमने आग के सामने बैठकर आग, पंडित और सम्बन्धियों को साक्षी बनाकर क्या-क्या कसमें खाई थीं। कौन-कौन-सी शपथें ली थीं। हमें अब यह सोचना है कि अलग होने की तारीख कौन-सी है। अलग होने की शर्तें कौन-सी हैं।" कहकर राबिन्दर ने गिलास खाली कर दिया और सिगरेट सुलगा लिया।

तपस्या ने गुस्से से होंठ काटे और चुप रही। मिसेज़ चावला ने ठीक कहा था कि यह व्यक्ति छलिया, कपटी और निर्दयी भी है। शुरू से अन्त तक ज़ालिम।

"फिर आपने सगाई और शादी की तारीख की चर्चा क्यों छेडी?"

"इसलिए कि आज 30 नवम्बर है। 11 फरवरी को हमारी शादी सोलह वर्ष की हो जाएगी। 1945 से 1961 तक। और मैं इन भावुक बातों से पहले अलग होने के दिन का फैसला करना चाहता हूं। और मैंने फैसला किया है कि हम 31 जनवरी को अलग हो जाएं। हमारी पन्द्रहवीं सालगिरह न आए। बल्कि यह चौदह ही रहें। यानी आज से पूरे बासठ दिन बाद 31 जनवरी को जब बासठवां दिन होगा, अगर आज का दिन न गिनें, हम अलग हो जाएंगे।"

"क्या यह फैसला इकतरफा नहीं?"

"मैं समझा नहीं।"

"हम परस्पर समझौते के अन्तर्गत अलग हो रहे हैं। इसलिए क्या मुझसे पूछना या सलाह करना ज़रूरी नहीं?"

"मैंने बहुत सोच-समझकर ही यह तारीख निकाली है। इन बासठ दिनों में मैं तुम्हारी नौकरी का प्रबन्ध भी कर दूंगा। मेरी जो कुछ भी पहुंच है उसके आधार पर, मैं जानता हूं कि तुम्हें नौकरी मिल जाएगी।" राबिन्दर ने भावावेश से रिक्त होते हुए कहा।

"नौकरी आप दो रोज़ में दिलवा सकते हैं। बल्कि मैं खुद तलाश कर सकती थी, तो आपने मुझे करने न दी। आपने कहा था कि मैं अभी जिंदा हूं मर नहीं गया हूं जो तुम बसों में धक्के खाओ।" तपस्या ने व्यग्यात्मक स्वर में कहा।

"मैं यदि इसे व्यंग्य समझूं तो मेरा जवाब यह है कि मैंने लगभग पन्द्रह वर्ष कोशिश की है और हर संभव चेष्टा की है कि हमारी शादी सफल हो जाए। मैंने तुम्हें तेरह वर्ष में बहुत-सी बातें समझाईं जो तुम समझ न सकीं। मैंने तुम्हें जिस तरह की पत्नी बनाना चाहा, मेरी असीम चेष्टा के बावजूद तुम वह बन न सकी। यह मेरा दुर्भाग्य है, तुम्हारा नहीं। यह है मेरा जवाब। अगर तुम्हारा वाक्य मुझपर व्यंग्य है या यदि यह स्नेह से भरा है तब भी मेरा यही जवाब है कि तुम वह न बन सकीं जो मैं चाहता था। और आज तुम मेरे शब्दों का सहारा लेकर मुझसे दोस्ती की भीख नहीं मांग सकती हो।"

"भीख! मैं भिखारिन नहीं पत्नी हूं। कानूनी पत्नी। आप लाख कहें और हज़ार तरीके से अपने व्यवहार से यह सिद्ध करने की कोशिश करें कि आप मुझे रखैल समझते हैं, लेकिन मैं अपने को आपकी रखैल नहीं समझती, बल्कि पत्नी

समझती हूं।" तपस्या ने गुस्से से कहा।

"मैं जानता हूं। तुम भिखारी नहीं हो।" राबिन्दर ने धीरे से कहना आरम्भ किया, "मैं जानता हूं तुम स्वयं को पत्नी समझती हो, यद्यपि मैं तुम्हें लगभग दो वर्ष से रखैल समझकर निर्वाह कर रहा हूं। फिर भी मेरे कहने का अभिप्राय यह है कि इन बातों में कुछ प्राप्त न होगा जिन्हें तुम व्यंग्य के तौर पर प्रयोग कर रही हो या करना चाहती हो। मैं उत्तेजित नहीं हो सकता। हमने सुबह जो फैसला किया था वह उत्तेजनावश नहीं किया था। आज जो फैसला परस्पर हुआ है वह उत्तेजित होकर या भावावेश में बहकर नहीं हुआ है। यह फैसला सोच-समझ की उपज है। किसी दबाव या किसी कारणवश नहीं। क्या तुम इस फैसले पर पुनः विचारविनिमय करना चाहती हो?"

"जी नहीं।" तपस्या ने बेधड़क कहा।

"धन्यवाद!" तो परिस्थिति को सम्मुख रखते हुए तुम्हारा यह कहना बेमानी है कि मैंने तुम्हें नौकरी नहीं करने दी या ऐसी बातों का हवाला निरर्थक है जो अब अतीत बनकर रह गया है और जिनका आशाजनक परिणाम न निकल सका था। यदि कोई परिणाम निकला है तो वह यह है कि हम अलग हो जाएं।" राबिन्दर ने दृढ़ निर्णय दिया।

"जी हां।"

"अब जहां तक तारीख का प्रश्न है, वह मेरा इकतरफा फैसला नहीं। दो-चार दिन इधर या उधर में कोई अंतर नहीं पड़ता। यद्यपि मैं यह ज़रूर चाहता हूं कि 3 फरवरी न आए ताकि 3 फरवरी 1945 की याद न आए। जब इस जीवन का कोई सुन्दर अंत नहीं रहा, जब विचार और स्वभाव में समानता न पैदा हो सकी, जब स्वभाव ही अलग-अलग रहे, जब तुम बदलने को तैयार नहीं और मैं वह सब कुछ ग्रहण करने को तैयार नहीं, जब मानसिक रूप में समझौता असंभव हो गया है, तो बेहतर यही है कि हम चुपचाप नेक लोगों की भांति अलग हो जाएं।"

"नेक लोग!" तपस्या गुर्राई, "जब मेरी जवानी अधेड़ उम्र में बदल गई, जब मेरे शरीर में आकर्षण न रहा, तो..."

"लेकिन मैं कह चुका हूं कि हमारा फैसला किसी उत्तेजना या दबाव के वशीभूत होकर नहीं हुआ है। यह एक निर्णयात्मक बात है कि न मैं तुम्हारे साथ

निर्वाह कर सकता हूं और न तुम्हें मेरा व्यवहार पसंद है।"

"खैर, रखैल बनने से तो बेहतर है कि अलग हो जाऊं।" तपस्या ने अपने अहं को ठेस पहुंचते देखी।

"मेरी भी यही आकांक्षा है। इसलिए यह बासठ दिन न ही हम पति-पत्नी होंगे और न ही मैं तुम्हें रखैल समझूंगा। हम दो दोस्तों की भांति यह बासठ दिन गुज़ार देंगे।"

"दोस्तों की तरह!" कहकर तपस्या खिलखिलाकर हंस पड़ी।

"खैर। दो मुसाफिरों की भांति सही, जो सफर करते समय भी एक-दूसरे से अपरिचित रहते हैं।" राबिन्दर ने कहा और गिलास खाली कर दिया।

"जानते हैं, मेरी एक सहेली ने आपकी परिभाषा केवल एक ही शब्द में कर दी है।"

"कहो।"

"आप बगुलाभगत हैं।" तपस्या ने गरजकर कहा। राबिन्दर ने चौंककर तपस्या को देखा। कुछ देर उसके चेहरे पर आए भावों को पढ़ता रहा, फिर झुककर गिलास भरने लगा।

"यह तुम्हारी सहेली के शब्द हैं। तुम्हारी क्या राय है मेरे बारे में?" राबिन्दर ने मुस्कराकर कहा।

तपस्या इस मुस्कराहट से जल गई। जब रोने का समय हो तो यह व्यक्ति सरलता से मुस्करा सकता है।

"मैं भी यही समझती हूं।"

"धन्यवाद।" राबिन्दर ने मुस्कराकर कहा, "अब मैं महत्त्वपूर्ण आदमी बना हूं। किसी व्यक्ति ने मेरा चरित्र-चित्रण नहीं किया। आज अरसे के बाद तुम्हारी एक सहेली ने और दूसरा मेरी रखैल ने यह काम कर डाला है। मैं यदि उदाहरण मांगूं तो निश्चय ही यह तुम आसानी से दे सकती हो। और वह दृष्टान्त होंगे या बहाने। दृष्टान्त और बहाना एक ही बात है। जब शब्दों का कोष समाप्त हो जाता है तो हम दृष्टान्त का सहारा लेते हैं। लेकिन जहां तक मैं समझता हूं मैं बगुलाभगत नहीं हूं। सामने डिक्शनरी पड़ी है। तुम इसे कन्सल्ट कर सकती हो। जिसे तुम बगुलाभगत कहती हो मैं उसे बददिमागी नहीं कहूंगा, बल्कि सिद्धांतवाद कहूंगा। मैं भावनाओं के स्थान पर सिद्धान्तों से काम लेता हूं और इस बात को तुम मुझसे

जुदा नहीं कर सकतीं।"

"यह कहां का सिद्धांतवाद है कि जब मैं अपना रास्ता आप खोज सकती थी, अपना जीवन आप बना सकती थी, तो मेरे अरमानों का गला घोंट दिया गया! मेरी राह में वह पत्थर खड़े कर दिए गए जो आज आपकी ज़ुबान से सिद्धान्त कहलाते हैं!" तपस्या ने प्रतिवाद किया।

"हमारी शादी की असफलता का सबसे महत्त्वपूर्ण कारण तुमने बता दिया है। तुम मुझे बददिमाग कहती हो, और मैंने हमेशा तुम्हें बगुलाभगत समझा है। तुम आज भी आकाश की बातें करती हो, आकाश में उड़ती हो, और जब तुम्हें वह सब कुछ वास्तविकता में मिल न सका तो तुमने अपने बेटे का नाम आकाश रख दिया। तुम्हारी विचारधारा या तुम्हारे अहं को चोट लगने के कारण ही तुम यह सोचने पर मजबूर हुईं। तुम समझती हो कि मैंने तुम्हारी राह में रोड़े अटकाए हैं। यद्यपि मैं यह समझता रहा हूं कि मैंने तुमपर अहसान किया है जो इस जीवन को अंगीकार न करने दिया।" राबिन्दर ने नपे-तुले अंदाज़ में कहा, "हमारी सोच में इसलिए समझौता न हो सका।"

"आपका विचार यह है कि आर्ट अपनाना बाज़ारी स्त्रियों का काम है!" तपस्या ने बल खाकर कहा।

"आर्ट को तुम समझ ही नहीं सकतीं। कला सृष्टि करती है, कला एक बलिदान है, तप है, पूजा है, पवित्र है और फिल्म आर्ट नहीं। यह तमाशा है, मनोरंजन है और मानसिक ऐश्वर्य है। मैं फिल्म को आर्ट नहीं मानता। कलाकार जैसे-जैसे बूढ़ा होता है वैसे-वैसे ज़्यादा निखरता है। कालिदास, शेक्सपियर, गालिब, टैगोर कलाकार थे। मरने के उपरान्त भी अमर हैं। सदियों से अमर हैं और आनेवाली सदियों तक अमर रहेंगे। और तुम्हारी फिल्म के कलाकार आज अगर ख्याति के शिखर पर हैं तो कल जैसे ही उनका पतन हुआ, वह सदा के लिए मिट गए। इतना आर्ट डिब्बों में बंद होकर गोदामों में पहुंच जाता है। और इन डिब्बों पर धूल की तहें जमी रहती हैं। लेकिन कालिदास की शकुन्तला, शेक्सपियर की कृतियां और गालिब के दीवान की ऐसी दशा नहीं हो सकती। फ़िल्म हुस्न और जवानी का आर्ट है। हुस्न की तलाश है और बुढ़ापा इसकी मौत है। आज लाखों सिनेमाप्रेमी हैं जो इन कलाकारों पर मिटते हैं। इनके दीवाने और मतवाले हैं। फिल्म केवल

चकाचौंध है, आंखों के लिए ठंडक है। आज के लाखों सिनेमाप्रेमी कज्जन, शांता आप्टे, वनमाला के नाम से परिचित तक नहीं। यद्यपि एक दौर था कि यह अभिनेत्रियां ख्याति के शिखर पर थीं। इनकी दर्जनों फिल्में थीं। दौलत, शोहरत और प्रशंसकों की कमी न थी। लेकिन दस-पन्द्रह वर्ष का अरसा बीता है और आज इन्हें कितने लोग जानते हैं! आज एक की तूती बोलती है तो पन्द्रह वर्ष बाद उसे कोई ऐक्स्ट्रा का रोल भी नहीं देता। यह शोहरत, यह उन्नति, यह महानता, यह चमक-दमक स्थायी नहीं। इसलिए मैं फिल्म को आर्ट नहीं समझता। आर्टिस्ट वह है जिसके प्रशंसक उसके आर्ट को जानते हैं, उसकी कला से प्रेरित होकर उसे प्रेरणा देते हैं, और उसकी तस्वीर को पूजते हैं। लेकिन यह तुम्हारी फिल्मी आर्टिस्ट जो चार-चार पांच-पांच लाख रुपया एक-एक फिल्म का लेती है, केवल दस आने खर्च करके हर व्यक्ति एक कसाई की तरह इसकी जांघे देख सकता है, जांघों का साइज़ जान सकता है, गोल बोटी देख सकता है, पांव देख सकता है। औरत वह है जिसे उसके बच्चों ने भी नंगा न देखा हो। डाक्टर या पति के सिवा उसका तन किसीके सामने न उघड़े। वह स्त्री स्त्री नहीं और न ही आर्टिस्ट है जो कुछ रुपहली टिकलियों के बदले दस आने में अपने शरीर का एक-एक हिस्सा दिखाती है। बाज़ारी औरतें, वेश्या या रंडी, जो शरीर बेचती हैं, वे पांच रुपये लेकर भी अपना पूरा शरीर नहीं दिखातीं और तुम्हारी यह लाखों कमाने वाली हाईग्रेड ऐक्ट्रेस सिर्फ दस आने में हर ऐरे-गैरे को अपने शरीर का एकएक अंग नंगा करके दिखा देती है कि देखो, मेरा शरीर देखो, यदि तुम्हारी जेब में पैसे हैं तो इसकी कीमत चुका सकते हो।"

"यह मिनिस्टर, चीफ मिनिस्टर और प्राइम मिनिस्टर तक जो इन्हें मिलते हैं?" तपस्या ने सवाल किया।

"यह बिल्कुल सच है ; लेकिन कब मिलते हैं सिर्फ यह भूल गई हो। एक फिल्मी कलाकार मिनिस्टर को बुलाता है किसी उद्घाटन या किसी संस्था की प्रधानता स्वीकार करने के लिए और इसपर हज़ारों रुपये खर्च करता है ताकि एक मिनिस्टर को अपने किए-धरे का मैडल पहनाए। हालांकि इस मिनिस्टर, चीफ मिनिस्टर या प्राइम मिनिस्टर ने इस फिल्म में कोई भाग नहीं लिया होता, लेकिन विशेष रूप से इन्हें बुलाकर इनके गले में फूलों का हार डालकर

प्रधानता की कुर्सी पर बैठाकर इसे पब्लिसिटी देते हैं। क्या कभी किसी प्राइम मिनिस्टर, चीफ मिनिस्टर या मिनिस्टर ने किसी फिल्मी आर्टिस्ट को अपने यहां आमंत्रित किया है? मेरा जवाब है कि नहीं। मैं ऐसी कई पार्टियों में सम्मिलित हुआ हूं जहां फिल्मी ऐक्ट्रेस होती हैं। मैं होटल की पार्टी में इनसे बातें करता हूं लेकिन मैंने कभी किसी फिल्मी ऐक्ट्रेस या ऐक्टर को अपने घर पर आमंत्रित नहीं किया।"

"इसलिए कि आपे गलत किस्म की भावना के शिकार हैं और अपने को इनसे महान समझते हैं।" तपस्या ने गुस्से में कहा।

"यह भी तुम्हारी फ्रैंड का विचार है? बददिमाग, क्रूर और अब गलत किस्म की उच्चता की भावना..." राबिन्दर हंस पड़ा, "निश्चित बात है कि तुम्हारी दोस्त वर्किंग गर्ल है।"

"जी हां। साढ़े चार सौ रुपये मासिक कमाती है और मज़े करती है।"

"साढ़े चार सौ रुपये में किस तरह के मजे हो सकते हैं, मैं नहीं जानता। मेरा अढाई हज़ार रुपये महीने का घर का खर्चा होगा। और मैं पांच हज़ार रुपये मासिक दफ्तर और दफ्तर के कर्मचारियों पर खर्च करता हैं।"

"फिर वही बात?"

"उच्चता उच्चता रहेगी। सोने को पीतल कहने से वह पीतल नहीं बन जाता।" राबिन्दर ने जवाब दिया, "फिर मैंने शादी की थी एक लड़की से जिसे पत्नी बनाना चाहता था। यदि तुम को आर्ट का शौक था तो मैंने कब विवश किया था कि शादी करो। शादी तो इसलिए हुई थी कि तुम शादी के लिए पागल थीं। यद्यपि तुम्हारे डैडी इस शादी के विरुद्ध थे। उन्होंने तो यहां तक कह दिया था कि राबिन्दर एक आवारा नौजवान है, जो पैतृक सम्पत्ति को तबाह कर चुका है और जो केवल कल्पना की दुनिया में रहता है तथा जीवन में कभी कुछ न बन सकेगा। आज तुम्हारा डैडी यहां होता तो जानती हो मैं क्या करता?"

"क्या करते?"

"वह जब रिटायर हुआ था तो उसे साढ़े सात सौ मासिक मिल रहे थे। रिटायर होने के बाद दो सौ बीस रुपये पैन्शन मिली। मैं उसे रिटायर होने के बाद एक हज़ार रुपये महीने की नौकरी देता।"

"यह सिद्ध करने के लिए कि आज मैं कितना कामयाब हूं।"

"निश्चय ही। क्या हूं नहीं?"

"लेकिन आप मेरे डैडी को एक हज़ार रुपये महीने पर नौकर रखकर संसार को यह बताते कि मैंने अपने ससुर को नौकर रखा है!" तपस्या ने चिढ़कर कहा।

"नहीं, इसलिए नौकर रखता कि ससुर डैडी तुम मुझे एक हज़ार की नौकरी नहीं दिलवा सकते और मैं दिलवा ही नहीं, बल्कि दे सकता हूं।" राबिन्दर ने मुस्कराकर कहा।

"लोगों का पतन देखकर आप खुश होते हैं ना?"

"नहीं, जो व्यक्ति स्वयं को उच्च समझते हैं उन्हें हीन कर देता हूं। ज़रा नाज़ुक बात है। देर में समझ में आएगी।" राबिन्दर ने हंसकर कहा। और गिलास खाली कर दिया।

"अभी और कितनी पीजिएगा?"

"जब तक जी चाहेगा।"

"मैं सोने जा रही हूं।"

"जा सकती हो।" राबिन्दर ने लापरवाही से कहा और गिलास बनाने लगा। "आखिर बासठ दिन के बाद तुम सदा के लिए जा रही हो। उसके बाद भी तो खाना मैं अकेला खाया करूंगा। क्यों न मैं अभी से अपनी आदत बदल डालूं।"

"बासठ दिन! बासठ दिन! आप बार-बार क्यों याद दिलाते हैं?"

"इसलिए कि मैंने इन वर्षों में लाखों शब्द कहे हैं जिन का तुमने कोई असर नहीं लिया। अब यह छोटा-सा वाक्य बासठ दिन भूल न जाओ, इसलिए बार-बार कहकर इसे याद करा रहा हूं।"

"हूं।" कहकर तपस्या चुप हो गई। लेकिन वह कमरे से बाहर न गई। जैसे कुछ कहना चाहती हो।

कुछ देर बाद राबिन्दर ने पूछा, "तुम कुछ कहना चाहती हो?"

"कहना चाहती थी। लेकिन अब नहीं।"

"इसलिए कि अब मैं पी रहा हूं! लेकिन तुम जानती हो कि जीवन की अहं समस्याओं को मैं पीने के बाद ही सुलझाता हूं।"

"आकाश को जायदाद के हिस्से का क्या मिलेगा?"

"उसको उसके हिस्से की जायदाद मिल जाएगी, जब वह इक्कीस वर्ष का

हो जाएगा।

"कितना हिस्सा?"

"यह जायदाद मेरी अपनी बनाई है। मैं इसका एकमात्र अधिकारी हूं। जो उचित समझूंगा, दे दूंगा।"

"यदि आप दूसरी शादी कर लें तो उससे जो बच्चे पैदा होंगे वह भी तो अधिकारी होंगे।"

"कानूनी तौर पर होंगे। लेकिन मेरा इरादा दूसरी शादी का नहीं।"

"मैं आपको ऐसा नहीं समझती। आखिर मैंने भी आपके साथ इतने साल गुज़ारे हैं। आपकी वासना की भूख को मैं बेहतर जानती हूं।"

"खैर, यह बाद की बातें हैं। वैसे शारीरिक भूख का इलाज मेरे लिए कठिन नहीं।"

"और अगर मैं दूसरी शादी कर लूं तो?"

"आकाश मेरे पास लौट आएगा।"

तपस्या निश्चिन्त हो गई।

"डियर मैडम! तुम आकाश के साथ रहो और मैं धरती के साथ रहूंगा ; तुम्हें आकाश पसन्द है और मुझे धरती।" राबिन्दर ने मुस्कराकर कहा, "तुम अब इस जीवन, इस बन्धन से सुखी न हो सकीं जबकि तुम्हें मेरा कृतज्ञ और आभारी होना चाहिए था। तुमने हमेशा गिला और शिकवा किया। यह आराम, यह सुख, यह ऐश्वर्य, तुम्हें पसन्द नहीं। तुम्हें कार पसन्द नहीं। तुम्हें बसों के धक्के, बसों का इन्तज़ार पसन्द है। चार सौ रुपये महीने की अपनी आय पसन्द है। कुछ महीने बसों में धक्के खाओगी तो पता चलेगा कि कार कितनी सुखदायक होती है!"

"मुझे इस कार से नफरत है।"

"वह मैं जानता हूं। इस कार से ही नहीं, मेरे घर की हर वस्तु से और मुझसे भी।" राबिन्दर ने मुस्कराकर कहा।

"आकाश की शिक्षा का खर्च?"

"हायर सैकेण्डरी तक पचास रुपये मासिक—कालेज में जाएगा तो सौ रुपये। अगर इंजीनियरिंग में जाएगा तो दो सौ रुपये मासिक।"

"और मुझे घर बनाने के लिए कितना नकद देंगे?"

"तुम्हारा क्या अंदाज़ा है?"

"पचास हज़ार।"

राबिन्दर चुप हो गया। उसने निगाहें उठाकर तपस्या का चेहरा देखा, लेकिन वहां कुछ भी न पढ़ सका। तपस्या ने आज दिन में किसी मित्र के साथ सलाह की थी। यह तपस्या नहीं बोल रही थी कोई और बोल रही थी। सुबह ऐसी कोई शर्त न थी, लेकिन दिन में इसने हालात का जायज़ा ले लिया था।

"तुम जानती हो कि कोई कचहरी तुम्हें इतना रुपया नहीं दिलवा सकती।"

"लेकिन हम कोई तमाशा नहीं खड़ा कर रहे हैं। और मैंने शराफत से ही यह अलग होना स्वीकार कर लिया है।"

"ओह!" राबिन्दर सोचने लगा। तीर ठीक निशाने पर पड़ा था। अब वह अपनी सहायता से मुंह न मोड़ सकता था।

"स्वीकार है।" राबिन्दर ने गर्दन उठाकर कहा, "लेकिन एक शर्त पर।"

"शर्त?"

"हां, मैं तुम्हें अलग होने के बीस हजार दूंगा। और शेष तीस हज़ार छः वर्ष में दूंगा। यानी पांच हज़ार वार्षिक।"

"वह क्यों?"

"इसलिए कि पचास हज़ार के लालच में कोई भी मर्द तुमसे शादी करने को तैयार हो जाएगा और दो वर्ष में तुम्हारा पचास हज़ार रुपया लेकर चलता बनेगा।" राबिन्दर ने कहा।

"क्या खूब! अलग होने के बाद भी आप मेरे लिए चिंता कर रहे हैं! मैं नहीं जानती थी कि आप इतना महान और विशाल हृदय रखते हैं।"

"इस व्यंग्य के लिए शुक्रिया! लेकिन मैंने कुछ देर पहले कहा था कि बददिमाग आदमी विशाल हृदय नहीं रखते।"

तपस्या कुछ देर चुप रही। फिर बोली, "क्या मैं आज रात आपके साथ सो सकती हूं?"

"क्यों नहीं! आखिर तुम मेरी रखैल हो। और यह मेरा हक है। जब तक तुम यहां हो, मैं तुम्हारा खर्चा उठाऊंगा तो अपना हक भी हासिल करूंगा।" राबिन्दर ने उत्तर दिया।

"यदि मैं इन्कार कर दूं तो?"

"तो कल पहली है। और मैं तुम्हें जो तुम्हारे जेबखर्च के लिए अढ़ाई सौ रुपये मासिक देता हूं वह चेक जारी न होगा।"

तपस्या तड़पकर खड़ी हो गई। और दूसरे क्षण वह कमरे से बाहर थी।

राबिन्दर घर में दाखिल हुआ तो तपस्या ड्राइंगरूम में बैठी उपन्यास पढ़ रही थी।

पहले की भांति तपस्या ने गुड ईवनिंग न कहा। तपस्या ने पति की ओर देखा। उसकी चाल और आंखें बता रही थीं कि किसी पार्टी से पीकर आया है।

"गुड ईवनिंग।" राबिन्दर ने टाई की गांठ ढीली करते हुए कहा।

तपस्या पहले की तरह उसका कोट लेने उठी, लेकिन राबिन्दर ने उसकी बांह झटक दी। तपस्या इस हरकत से आगबगूला हो गई, लेकिन विवश थी।

"बच्चे सो गए हैं?"

"जी हां।"

राबिन्दर ने कोट बाजू पर डाला। हाथ में टाई थी। वह बेडरूम की तरफ बढ़ गया। तपस्या समझ गई कि उसकी ज़रूरत नहीं है। राबिन्दर आप ही कपड़े बदलने लगा। पांच मिनट बाद वह स्लीपिंग सूट पर ड्रेसिंग गाऊन बांध रहा था।

"आप कुछ पीजिएगा?"

"हां। लेकिन मैं आप ही उठा लाऊंगा। नौकर सो गया है?"

"जी हां। कहिए तो जगा दूं?"

"नहीं, इसकी ज़रूरत नहीं।" कहकर राबिन्दर ने रेडियोग्राम के नीचे कैबिनेट से गिलास और बोतल निकाली। मेज़ पर रखते हुए पूछने लगा, "चपरासी आया था दिन में?"

"जी हां, धरती को छोड़ने आया था। और मेरा चेक मिल गया है। शुक्रिया।" तपस्या ने मुंह बिगाड़कर कहा।

"शुक्रिया किस बात का! वह तुम्हारा हक है या..."

"या क्या?"

"पारिश्रमिक।" राबिन्दर ने व्यंग्यात्मक स्वर में कहा।

तपस्या इस शब्द पर विष का घूंट पीकर रह गई। यह व्यक्ति कितना बदल गया है! एक समय था कि उसके बिना एक पल भी जीवित न रह सकता था, और अब हर बात में व्यंग्य और विष उगलता है।

"पार्टी कैसी रही?"

"खूब।" राबिन्दर ने गिलास मुंह को लगाते हुए कहा।

"पांच दिसम्बर को मिस्टर खन्ना की शादी का निमंत्रण पत्र आया है। छः को रिसेप्शन है, ड्रिंक पार्टी। और आठ को मिस्टर लखनपाल की लड़की की शादी है।"

"सुबह देखूंगा।"

"मिस्टर खन्ना के लड़के की शादी पर मैं कौन-सी साड़ी पहनकर जाऊंगी?" तपस्या ने सवाल किया।

"साड़ी!" राबिन्दर ने निगाहें उठाकर देखा, और देखता रहा।

"क्या देख रहे हैं आप? मैंने यह कपड़े उल्टे तो नहीं पहने और न ही मेरा मेकअप खराब है।" तपस्या ने जान-बूझकर कहा।

"तुम अब किसी फंक्शन में न जाओगी।"

"लोग क्या कहेंगे?"

"मैं लोगों के डर से वह नहीं करना चाहता जिसे मेरी आत्मा स्वीकार न करे। आखिर इकसठ दिन बाद भी तो लोगों को पता चल जाएगा कि हमने अलग रहना शुरू कर दिया है। यदि वह अभी से अपनी राय कायम करनी शुरू कर दें तो क्या बुराई है! यों भी तुम्हें प्रैक्टिस हो जाएगी और मुझे भी तुम्हारे बिना जाने की आदत हो जाएगी।" राबिन्दर ने बेरुखी से कहा।

"मैं पूछती हूं, ऐसे कौन-से पति-पत्नी हैं जिनमें झगड़े नहीं होते और वैमनस्य नहीं होता, और वह दूर नहीं हो जाता!"

"लेकिन तुम मेरी पत्नी नहीं हो।"

"कानून की निगाह में मैं अब तक हूं।"

"तो घर में बैठा करो, कोई कानून मुझे विवश नहीं कर सकता कि मैं तुम्हें शादी-विवाह या किसी और फंक्शन में साथ ले जाऊं।"

तपस्या के जी में आई कि वह अपनी पराजय स्वीकार कर ले और कह दे कि वह अपने किए पर लज्जित है। लेकिन मिसेज़ चावला ने तो कहा था कि झुकना नहीं, जो कदम उठाया है उसपर दृढ़ रहना। यह मेरा अधिकार है। और मैंने सिर्फ अपने अधिकार की खातिर सूरज से ऐसा कहा था!

इसलिए उसने अपनी पराजय या अपने लज्जित होने का प्रदर्शन न किया।

तपस्या ने आज तक राबिन्दर की भावनाओं को ठेस पहुंचाई थी। और उसे तड़पता देखती और बेचैन और व्यग्र कर डालती, तो खुशी से नाच उठती।

लेकिन अब राबिन्दर बदलता जा रहा था। पिछले दो वर्ष से उसका व्यवहार और का और हुआ जा रहा था।

"जानते हैं आप, एक बार जब घर पर भूख और नग्नता का राज्य था, आप काम से लौटने लगे तो आपकी जेब में कुछ सिक्के थे। अब आप इन सिक्कों से बस में सफर कर सकते थे। लेकिन आपने तीन मील पैदल चलना गवारा कर लिया और सिक्कों से मेरे लिए पेस्टरी खरीद लाए थे, क्योंकि मैं पेस्टरी की शौकीन हूं।" तपस्या ने भावावेश में कहा।

"मुझे याद नहीं।" राबिन्दर ने बेरहमी से कहा, "लेकिन अब इसकी चर्चा फिज़ूल और बेवक्त है। वक्त बदल चुका है। ऐसी बातें इन्सान प्यार में करता है।"

"क्या अब आप मुझे प्यार नहीं करते?"

"नहीं।"

"क्या आप मुझे नफरत करते हैं?"

"नहीं।"

"फिर?"

"मैं तुमसे नहीं तुम्हारी फीस से प्यार करता हूं। दोनों में अन्तर है। अगर समझ सको तो।"

तपस्या चुप हो गई।

"अब," राबिन्दर ने गिलास खाली करके कहा, "अब मुझे केवल दौलत से प्यार है। जब पुरुष को नारी का प्यार न मिले तो उसे आत्महत्या नहीं कर लेनी चाहिए, बल्कि महान और अनथक परिश्रम से दौलत पैदा करनी चाहिए। मुझे दौलत से प्यार है क्योंकि मैंने इसे अनथक मेहनत और परिश्रम से पैदा किया है।"

"और दौलत के नशे में घिरकर मुझे भुला दिया!"

"नहीं। तुमने स्वयं को इस योग्य बनाने की चेष्टा ही नहीं की। जैसी मैं तुम्हें देखना चाहता था और बनाना चाहता था, वसी तुम न बन सकीं।" राबिन्दर ने कहा।

"लेकिन आप कभी तो मुझसे प्यार करते ही थे।"

"नहीं। प्यार तुमसे नहीं, तुम्हारी वासना से था।"

"और अब?"

"वह अब भी अपनी जगह कायम है।"

"फिर आप कैसे कहते हैं कि दूसरी शादी न करेंगे?"

"शादी एक बंधन है और नया बंधन पैदा करके उसे निभाना नहीं चाहता।"

"लेकिन देश की आज़ादी के बाद क्या प्यार के प्रति दृष्टि कोण भी बदल नहीं गया है? अब लोग उन लड़कियों से शादी करने के इच्छुक हैं जो नौकरी करती हों। ज़्यादा आय को वह प्यार करते हैं।" तपस्या कह तो गई लेकिन फौरन संभल गई। यह बात तो उसके हक में न थी।

"तुम अपनी तलवार से अपने को ही काट रही हो।"

"हां। बात मुंह से निकलते ही मैं समझ गई थी कि गलत कह गई हूं।" तपस्या ने स्वीकार किया।

"खैर! मैं कुछ दिन बाद आकाश को साफ शब्दों में बता दूंगा कि हम अलग हो रहे हैं।" राबिन्दर ने कहा।

"नहीं, नहीं, भगवान के लिए ऐसा न कहिए। वह अभी बच्चा है।"

"नहीं। धरती बच्ची है। आकाश उम्र के ऐसे मोड़ पर पहुंच गया है जब इन्सान में सोचने की शक्ति उत्पन्न हो जाती है। फिर हमने तो परस्पर फैसला किया है कि कौन-सा बच्चा किसके साथ रहेगा। लेकिन हमने बच्चों की राय जाननी उचित नहीं समझी। इस दशा में आकाश को भी बता दिया गया तो वह बाकी दिनों में अपने को तैयार कर लेगा। और अगर उसे निश्चित समय पर एकदम बताया गया तो उसका दिमाग उलझ जाएगा। अब बताने से और इस अरसे में मेरा व्यवहार उसपर प्रकट कर देगा कि वह मुझसे दूर हो रहा है और तुम्हारे निकट।" राबिन्दर ने कहा।

"आपकी दलील में वज़न है, लेकिन मैं फिर भी कहूंगी कि कुछ दिन रुक जाइए।" तपस्या ने धीरे से कहा।

राबिन्दर हंस पड़ा।

"हंसने की क्या वजह?"

"तुम अभी तक समझती हो कि यह भी एक दौरा पड़ा है जो सामयिक है, और समय का मरहम इसे भर देगा जैसेकि अतीत में होता रहा है। हम

कितनी बार लड़े-झगड़े, और कुछ दिन बाद फिर एक हो जाते रहे। वह लड़ाई-झगड़े मुहब्बत की निशानी थे। लेकिन मैं दो बरस से इस शब्द से दूर भाग रहा हूं। मैंने अपना व्यवहार और आचार बदल लिया है। तुम्हारी हर हरकत और तुम्हारी बातों पर जब मैं दृष्टिपात करता हूं तो यह सोचकर कि तुम बीवी नहीं हो रखैल हो, स्वयं को इस वातावरण से और ऐसी बातों से सामना करना पड़ता है तो कष्ट ज़रूर होता है, लेकिन हालात ने यही सिद्ध किया है कि ऐसा निर्वाह कठिन नहीं और जीवन की बहुत-सी समस्याओं का हल काफी कठिन सिद्ध हुआ है। यह भी एक ऐसी समस्या है। मैं दिन-प्रतिदिन आकाश से दूर होता जाऊंगा और तुमसे भी आशा करता हूं कि तुम धरती से दूर होती जाओगी। यों भी तुम सारी उम्र आकाश में उड़ती रही हो। आकाश की बातें सोचती रही हो। यानी धरती से उठकर आकाश पर मंडराती रही हो।" राबिन्दर ने नज़रें उठाकर तपस्या को देखा और कहा, "मैं सदा धरती का वासी रहा हूं। मैंने जीवन को केवल फरेब, छलावा, उड़ान और कलुष मात्र नहीं समझा है। मैंने दो और दो को चार जाना है। मैंने जीवन को एक राज़ की तरह बनाया है। मैंने सुबह को सुबह और शाम को शाम जाना है। मैंने इस ज़िंदगी को बनाने में एक के बाद दूसरी ईंट लगाई है, और तुम खयाली पुलाव और हवाई या रेत के महल बनाती रही हो। मैंने सच्चाई को गले लगाया है। तुमने सच्चाई से मुंह मोड़ लिया है। तुम आगे भी इस जीवन से संतुष्ट नहीं हो, जो तुम्हें मिला है, जो प्राप्त है, जो रोशनी की तरह सच है। तुम आज भी उड़ान और आकाश से खेल रही हो। तुम आज भी सोचती हो कि तुम एक बहुत मशहूर और सफल कलाकार बन सकती थी। अब यह तो समय और हालात ही बता सकते थे कि तुम बन भी सकती थीं या नहीं। हो सकता है कि तुम बन जाती। हो सकता है कि तुम केवल एक मामूली आर्टिस्ट बनकर इस विशाल संसार में धूल की भांति गुम हो जातीं। आज तुम्हारा नाम है, स्थान है, घर है, बच्चे हैं। कभी एक पति भी था।"

"अब भी है।" तपस्या ने चिल्लाकर कहा।

"खैर, तुम इस आकाश पर उड़ती रही हो, लेकिन वास्तविकता इसके विपरीत है। फिर भी यह सब ठुकराकर अपने ही विचारों में खो जाती हो और खुल्लमखुल्ला कहती हो कि दो और दो चार नहीं। जीवन यह नहीं जो तुम्हें

प्राप्त है। जीवन वह है जो तुम बनाना चाहती थीं और जिसके बारे में निश्चय से यदि कुछ कहा जा सकता है तो वह यह है कि वह केवल एक जुआ था। और जुआ ऐसा खेल नहीं जिसमें हम खुल्लमखुल्ला पूरे विश्वास के साथ कह दें कि वह ज़रूर जीतेगा। आज तक कोई भी जुआरी जीवन की हर बाज़ी या वार नहीं जीत सका। तुम आज भी इस भ्रम में पड़ी हुई हो कि तुम्हारे पास गुण थे और तुम उन गुणों का प्रदर्शन न कर सकीं। यह सौभाग्य है कि तुम इसी भ्रम में घिरी रहना चाहती हो। मैं तुम्हें रोकता नहीं। मैं ऐसी फिल्मी कलाकारों को जानता हूं जो एक नहीं, दो नहीं, पांच-सात बल्कि दस-बारह फिल्मों में हीरोइन बनकर आईं। अभी वह बूढ़ी भी नहीं हुई थीं कि अब वह दो-अढाई सौ रुपये देकर एक रात के लिए खरीदी जा सकती हैं। यह आर्ट इस शहर में भी प्राप्त किया जाता है, और कुछ टिकलियों में आर्ट और आर्टिस्ट दोनों खरीदे जा सकते हैं।"

"मैं कहती हैं कि आप बगुलाभगत हैं।"

"और मैं खुश हूं कि तुम ऐसा समझती हो और मैं चाहता भी हूं कि दुनिया ऐसा समझे। मैं मृग-मरीचिका के पीछे नहीं भागा। मैं एक राजा की तरह हूं। और मैंने एक समाज, एक ज़िन्दगी, एक दर्जा बनाया है। और मुझे अपनी इस बात पर गर्व है।" राबिन्दर ने मुस्कराकर कहा, "एक तुम ही नहीं, आज़ादी के बाद कांग्रेस ने एक ऐसे समाज को जन्म दिया है, जो अपने हालात का, अपनी ज़िंदगी का और अपने-आपका निरीक्षण नहीं करते। यूनिवर्सिटियां और कालेज बन गए जिनसे कि हर साल लाखों बी० ए० और एम० ए० निकल रहे हैं जो मनीआर्डर फार्म भी नहीं भर सकते। नौकरी के लिए दरख्वास्त नहीं लिख सकते। इसके विपरीत वे यह आशा करते हैं कि उन्हें सैकड़ों रुपये मासिक की नौकरी मिल जाए। मैं बगुलाभगत हूं या सिद्धान्तवादी, प्रगतिशील हूं या सत्यवादी, लेकिन एक बात याद रखना कि सत्यवादी लोग धर्म का पालन करते हैं, उन्हें बड़ों का लिहाज़ होता है, वे सभ्य होते हैं और प्रगतिवादियों के पास अगर कोई कल्चर है तो एक एग्रीकल्चर है। इनकी कोई तकनीक नहीं, कोई आचरण नहीं, केवल छलावा हैं। परेशान दिमाग और खोखले मंसूबे हैं। और तुम भी ऐसी ही प्रगतिशील हो, जो इससे सन्तुष्ट नहीं जो उसे प्राप्त है बल्कि उसकी तलाश में है जो न कभी था, न है और न होगा, जो केवल एक खयाली

पुलाव है। जो केवल खाली आकाश में ऐसे परिन्दे की तरह उड़ते हैं जिनकी कोई मंज़िल नहीं, कोई हद नहीं। यह जीवन केवल एक चमक-दमक है या कुछ फिल्मी पत्रिकाएं हैं, जिनपर छपी रंग-बिरंगी तस्वीरें देश के नौजवान लड़कों और लड़कियों को गुमराह करने में काफी बड़ा रोल अदा कर रही हैं। इनसे इनका करैक्टर छीन रही हैं। जिस देश के लीडरों में करैक्टर नहीं वह जाति कभी जाति नहीं हो सकती। तुम्हारी जैसी हज़ारों औरतें गुमराह हैं। अमीर घरानों की लड़कियां एम० एस-सी० और एम० ए० कर लेती हैं। दिन-भर रेस्टोरेण्टों में बैठकर फिल्म पर बहस करती हैं और बेहतरीन कॉफी पीते हुए समय गुज़ारती हैं। जबकि स्कूलों और कालेजों में थर्ड डिवीजन लैक्चरर और टीचर हैं। तुम कल कह रही थीं कि तुम कुछ करना चाहती हो और तुम्हें चार सौ रुपये मासिक की या अधिक की नौकरी चाहिए। अगर तुम सचमुच यही चाहती हो तो किसी गांव में जाकर अस्सी रुपये मासिक पर प्राइमरी स्कूल में टीचर बनकर देश और जाति की सेवा करो।"

"मैं कभी गांव में नहीं रही।"

"जबकि इस देश के अस्सी प्रतिशत लोग देहातों में रहते हैं। आर्ट की सेवा हर कोई करता है—रंग-बिरंगी कारें, फ्रिज़, ग्राम, एयरकंडीशण्ड कमरे, सोफे, गालीचे, यूरोप, कश्मीर, पहाड़ और बर्फ। लेकिन गांव में जाकर बच्चों को शिक्षा देना भी आर्ट है। उसे क्यों नहीं अपनातीं? ग्लैमर के पीछे क्यों भागती हो?" राबिन्दर ने भारी आवाज़ में कहा। और इसके साथ ही जम्हाई ली, "लो, मैं तो सोने जा रहा हूं। दिन-भर एक परिश्रमी मनुष्य की भांति जी-तोड़ मेहनत की, शाम को इस मेहनत को धोया और अब निश्चिन्त होकर सोऊंगा। कल फिर काम करना है। और तुम केवल काल्पनिक पुलाव पकाओगी, हवाई किले बनाओगी, और नींद तुम्हारी आंखों से कोसों दूर होगी।" कहकर राबिन्दर खड़ा हो गया। उसने ड्रेसिंग गाऊन उतारा और बिस्तर में घुस गया।

"गुडनाइट आर्टिस्ट।"

"गुडनाइट हिप्पोक्रेट!" तपस्या ने कहा।

"लाइट आफ कर देना आर्टिस्ट।" राबिन्दर ने कहा और आंखें मूंद लीं। तपस्या की आंखों में नींद न थी। राबिन्दर ने ठीक कहा था। हवाई महल बन रहे थे और ढह रहे थे।

शादी पर राबिन्दर धरती को साथ ले गया। जब आकाश ने साथ जाने की इच्छा प्रकट की तो राबिन्दर ने कह दिया, "तुम्हारी वार्षिक परीक्षा निकट है। अर्ध-वार्षिक परीक्षा जारी है, इसलिए समय बरबाद होगा।"

आकाश दिल पकड़कर रह गया। लेकिन जो तपस्या पर बीती वह तपस्या ही बेहतर जानती थी।

पार्टी में जब दोस्तों ने मिसेज़ रोबिन (राबिन्दर को मित्र लोग रोबिन कहकर पुकारते थे) को अनुपस्थित पाया तो ज़रूरी बात थी कि पूछते ही। राबिन्दर ने मुस्कराकर कहा, "आज दो शादियां हैं। एक जगह वह चली गई हैं।" चूंकि पहला फंक्शन था जहां तपस्या अनुपस्थित थी, इसलिए लोगों ने कोई विशेष ध्यान न दिया।

यद्यपि अगले दिन रिसेप्शन पर भी जब राबिन्दर के साथ धरती ही गई तो उन्हें कुछ खटका। कुछ लोगों ने उसकी अनुपस्थिति के विषय में अपनी राय प्रकट कर दी, "मेरा विचार है दोनों में रंजिश चल रही है।" किसीने कहा, "आज से ही नहीं पिछले कई वर्षों से।"

"रोबिन बददिमाग भी तो है।" किसीने कहा।

"लेकिन मिसेज़ रोबिन भी तो अपनी हठधर्मी के लिए मशहूर हैं। और यों भी वह भरी महफिल में कई बार रोबिन से उलझ पड़ी हैं।" राबिन्दर के एक हमदर्द ने कहा।

जब तीन रोज़ बाद लड़की की शादी में उपहार के साथ राबिन्दर और धरती पहुंचे तो तपस्या की अनुपस्थिति विवाद का विषय बन गई।

"लेकिन आकाश भी तो दिखाई नहीं पड़ता।" किसीने कहा, "शायद बच्चे बांट लिए हैं।"

एक हंसकर बोला, "मुझे तो कुछ और शक है।"

"वह क्या?" चार-पांच लोग उत्सुक हो गए।

"शायद रोबिन अपनी पत्नी को तलाक दे रहा है।"

"अरे नहीं।" हमदर्द बोला।

"नहीं, नहीं।" दो-तीन आवाज़ें आई।

"लेकिन किसीने उसे किसी दूसरी लड़की के साथ भी ता नहीं देखा।"

"अरे, इस उम्र में लोग पत्नी को तलाक नहीं देते। यही तो उम्र है जब

पत्नी प्रेमिका नहीं रहती, बल्कि वह एक साथिन, हमदर्द और नर्स का काम करती है।"

राबिन्दर ने भी अनुभव किया कि लोग उसके बारे में बातें करते हैं। वह जिस ग्रुप के भी पास पहुंचता है, लोग बातें करते-करते चुप हो जाते हैं। लेकिन राबिन्दर ने कोई परवाह न की। वह ऐसी निगाहों से डरने वाला नहीं था।

एक सप्ताह और व्यतीत हो गया। तपस्या मिसेज़ चावला से इन हालात पर बहस करती। लेकिन जब राबिन्दर ने रकम की मांग मंज़ूर कर ली तो फिर वकील को मिलने का विचार छोड़ दिया गया।

उस दिन शादी और रिसेप्शन की चर्चा चल पड़ी।

"मैं पन्द्रह वर्ष और दस मास में हर पार्टी में सम्मिलित हई हूं। अब मेरी अनुपस्थिति पर क्या लोग बातें न करते होंगे?" तपस्या ने चाय बनाते हुए कहा। वह एक बढ़िया रेस्तरां में बैठी थीं।

"क्यों नहीं? दुनिया इतनी अंधी नहीं। वह ज़रा-ज़रा-सी बात कहती है, लेकिन इसमें तुम्हें क्या अंतर पड़ता है? लोग यही कहते होंगे कि रोबिन की ज़्यादाती है।" मिसेज़ चावला ने कहा।

"मिसेज़ चावला, मैं एक बात सोच रही हूं।"

"कहो।"

"यह किसी लड़की के चक्कर में फंसा हुआ है।" तपस्या ने सभ्यता की दीवार गिरा दी।

"कैसे कह सकती हो?"

"मुझे शक है।"

"फिर?"

"इस उम्र में रोबिन मुझसे अलग होना चाहता है। वह आठ वर्ष की बच्ची को नौकर की मदद से पाल नहीं सकता। धरती को अभी मां के प्यार की ज़रूरत है। और उसे मां का प्यार रोबिन कहां से देगा?"

"यह तो जानदार दलील नहीं!"

"रोबिन का बर्ताव ऐसा है कि वह हर कीमत पर मुझसे छुटकारा चाहता

है।" तपस्या ने गंभीरता से कहा।

"हर कीमत से क्या मुराद?"

"उसका एक बेटा है। वह बेटा मुझे देने को तैयार हो गया। हालांकि आकाश की जगह वह धरती देता, इस विचार से कि बेटा पन्द्रह वर्ष का है। यदि दूसरी बीवी लाता है तो दोनों की टक्कर हो सकती है। धरती तो अभी बच्ची है। वह नई मां के साथ घुल-मिल सकती है। आकाश को मुझे देने से उसका रास्ता सुगम हो सकता है। और इसके अतिरिक्त मैं यही समझती हूं कि वह मुझसे अलग होना चाहता है और हर कीमत पर चाहता है। कोई भी कीमत इसके लिए कम है।"

"मिसाल के तौर पर?"

"मैंने कहा कि मेरे अलग होने की शर्तें हैं—आकाश, गहने, कपड़े और पचास हज़ार नकद। लेकिन उसने कहा था कि बीस हज़ार अब दूंगा और पांच हज़ार वार्षिक रूप में। हालांकि मैं यदि कचहरी का दरवाज़ा खटखटाऊं तो इतना वसूल नहीं कर सकती। यह बात वह भी जानता है। और उसने कहा भी था। लेकिन जब मैंने यह कहा कि मैं अदालत का दरवाज़ा नहीं खटखटा रही हूं, आपसी फैसला कर रही हूं, तो उसने फौरन ही पचास हज़ार की रकम मंज़ूर कर ली।"

"लेकिन तुम्हें इससे क्या! अगर वह अलग होने की कीमत दे रहा है तो अब तुम उसे विवश नहीं कर सकतीं कि अलग होने के बाद दूसरी शादी न करे। अभी वह बूढ़ा नहीं हुआ है। स्वस्थ और सुन्दर है। अपनी उम्र से कम दिखाई पड़ता है। जायदाद का मालिक है और समाज में उसका सम्मान है।" मिसेज़ चावला ने कहा।

तपस्या चौंक पड़ी। मिसेज़ चावला तो यों कह रही थी जैसे गुनहगार तपस्या थी, ज़्यादती तपस्या की तरफ से हो रही थी, रोबिन दोषी न था। यद्यपि तपस्या की राय में राबिन्दर दोषी था इसीलिए तो उसने हठधर्मी न छोड़ी थी। उसने अपने किए की क्षमा नहीं मांगी थी। वह स्वयं को ही ठीक समझ रही थी।

"लेकिन यह मेरी हार होगी।" तपस्या ने बिलबिलाकर कहा।

"वह क्योंकर?"

"क्या तुम नहीं जानतीं कि मैं आज पैंतीस वर्ष की हूं! यद्यपि दो बच्चे होने

के बावजूद मैं अपना सौन्दर्य नहीं खो पाई हूं और आज भी सत्ताईस-अठाईस की दिखाई देती हूं, लेकिन मेरी दूसरी शादी आसान नहीं। मुझे चालीस वर्ष से अधिक उम्र का पति मिलेगा, जो निश्चय ही रंडुआ होगा और कई बच्चों का बाप भी।"

"और मेरे स्वप्न में भी न था कि तुम अलग होने के साथ शादी की भी सोच रही हो तथा एक शादी से तबीयत नहीं भरी! मिसेज़ रोबिन, तुम तो आज़ादी चाहती हो न कि फिर वही दासता का फंदा। इन बेड़ियों को तुम तोड़ना चाहती हो न कि एक बेड़ी को तोड़कर दूसरी पहनना चाहती हो। मिसेज़ रोबिन, होश करो। पहले एक बगुलाभगत से गुज़ारा करने के बाद तुम्हें सबक नहीं मिला? कुछ वर्ष बाद तुम्हारा आकाश अपने पांव पर खड़ा हो जाएगा। उस समय तक तुम अपना सारा प्यार, स्नेह और ममता उसपर निछावर कर दो। कल जब वह कुछ बन जाएगा तो तुम एक खास खुशी महसूस करोगी। तुम कहोगी जिसकी खातिर तुमने इतना बलिदान किया वह तुम्हारा है। वह तुम्हारा गौरव होगा। केवल तुम्हारा होगा। तुम्हें यह विचार तो न सताएगा कि जिसकी खातिर तुमने दुःख झेले, अपनी जवानी कुर्बान कर दी, जिसे देवता समझकर पूजा की, आज वह तुम्हारा नहीं। आज वह तुमसे क्या सलूक कर रहा है। वह तुम्हें एक रखैल समझता है। मैं तो यह बात नहीं भूली जो तुमने बताई थी।"

"कौन-सी?"

"यदि तुम मेरे पास नहीं रहोगी तो कल तुम्हें तुम्हारा चेक नहीं मिलेगा। बाई गॉड, इससे बड़ा बददिमाग और कौन हो सकता है जो इंसान की कीमत चेक से समझता है। जिसके लिए पत्नी पत्नी नहीं, बच्चे बच्चे नहीं, भाई-बहिन कोई महत्त्व नहीं रखते। जिसका ईमान, प्यार, स्नेह केवल दौलत है, चेक है।" मिसेज़ चावला ने भावुक होकर कहा। तपस्या के दिल में राबिन्दर के लिए जो थोड़ी-बहुत सहानुभूति पैदा हुई थी, उसके अंदर जिस कमज़ोरी ने जन्म लिया था, मिसेज़ चावला के इन शब्दों ने उन्हें खत्म कर डाला। उसे राबिन्दर से घृणा हो गई।

"क्या सोच रही हो?" मिसेज़ चावला ने उसे चुप पाकर कहा।

"तुम ठीक कहती हो।"

"मैं तो कहती हूं यह कैसे संभव है कि तुम्हारी धरती कार में घूमे और

तुम्हारा आकाश बसों में धक्के खाए! तुम रोबिन से कहो कि आकाश को कार दे।"

"नहीं मिसेज़ चावला, वह यह नहीं मानेगा। यह तो सरासर ब्लैकमेल करना होगा।"

"नहीं। तुम कहकर तो देखो। तुम यह कहो कि कार तुम अपने लिए नहीं चाहतीं, बल्कि आकाश के लिए चाहती हो। आखिर आकाश रोबिन का बेटा है। अलग होने के बाद तुम रोबिन का सर नेम न प्रयोग करोगी। केवल तपस्या रह जाओगी। लेकिन आकाश तो अपने डैडी का सर नेम इस्तेमाल करेगा। यह इसका कानूनी हक है।" मिसेज़ चावला ने गुस्से में कहा।

"तुम ठीक कहती हो।" तपस्या ने यों कहा जैसे सपने में बोल रही हो, "मैंने यह बात इस पहलू से तो सोची ही नहीं थी। सचमुच आकाश तो अपने नाम के आगे शुक्ला लिखेगा ही।"

"फिर वह कार का हकदार क्यों नहीं?"

"लेकिन मिसेज़ चावला, मैं डरती हूं कि रोबिन कार के लिए इंकार न कर दे। बल्कि पचास हज़ार देने से भी इंकार न कर दे।"

"फिर अदालत का दरवाज़ा खुला है।"

"लेकिन रोबिन पहुंच वाला आदमी है। दीवानी मुकदमा वर्षों में भी खत्म नहीं होता। मैं जानती हूं कि एक बार रोबिन कह रहा था। न मालम किसीने ब्लैकमेल करने की धमकी दी थी। तो उसने कहा था कि मैं इस मूर्ख पर इतने मुकदमे दायर कर सकता हूं कि जब तक इनका फैसला होगा वह इतना परेशान हो जाएगा कि शहर छोड़ने पर विवश हो जाएगा। राजनीतिज्ञों में उसकी पहुंच है। उसके कई क्लास-फैलो आई० ए० एस० हैं।" तपस्या ने भय प्रकट किया।

मिसेज़ चावला कायल हो गई।

"चलो, हम अदालत का सहारा न लेंगे। लेकिन इसमें हरज। ही क्या है कि तुम कार की मांग करो। मिल गई तो ठीक है वरना इस मांग को वापस ले लेना।"

"हां, इस बात को सामने रखते हुए मैं मांग पेश कर दूंगी।" तपस्या ने धीरे से कहा।

उसी शाम जब राबिन्दर घर आया तो उसका चेहरा मुरझाया हुआ था और वह चुप-चुप भी था। तपस्या बैठी स्वेटर बुन रही थी। बच्चे अपने कमरे में थे।

राबिन्दर ने तपस्या को कुछ न कहा। चुपचाप सोफे पर बैठ गया और किसी सोच में खो गया। तपस्या ने तीन-चार बार नज़रें उठाकर देखा और सोचने लगी कि वह बात शुरू करे या नहीं। और उसने बात शुरू कर दी।

"मैं सोच रही थी कि," उसने कहा और चुप हो गई। राबिन्दर ने निगाहें उठाकर उसे प्रश्नसूचक दृष्टि से देखा लेकिन बोला नहीं। वह इसी इंतज़ार में था कि तपस्या बात पूरी कर दे।

जब राबिन्दर ने कोई बात न की तो तपस्या ने कहना शुरू कर दिया, "धरती आपके पास रहेगी।"

"यही समझौता हुआ है।" राबिन्दर ने धीमे स्वर में कहा।

"और उसे हर प्रकार का सुख और ऐश्वर्य प्राप्त होगा जो इस कोठी में है।" तपस्या ने होंठ बिगाड़कर कहा।

"आकाश मेरे पास रहेगा। लेकिन मेरे पास इतनी दौलत नहीं कि उसे कार लेकर दे सकूं।"

"नौकरी की आय से खरीद देना।"

"मुझे चार साढ़े चार सौ की नौकरी मिलेगी और इससे हम मां-बेटे की गुज़र हो सकेगी!"

"लेकिन आकाश यदि मेरे पास रहे तब भी वह आपका बेटा है।"

"हूं।"

"लेकिन क्या यह अनुचित नहीं कि धरती कार में घूमे और आकाश बसों में धक्के खाए?"

"तुम खरीद लेना।"

"नहीं। मैं कह चुकी हूं कि मेरे पास इतनी दौलत नहीं।"

"तुम्हारा मतलब है कि मैं तुम्हें एक कार भी दूं!"

"मुझे नहीं, अपने बेटे को।"

"क्या तुम उसमें सफर नहीं करोगी?"

"क्यों नहीं!"

"मेरा खयाल है कि हर रोज़ तुम्हारी मांगें बढ़ती जा रही हैं। हमने एक बार फैसला कर लिया है कि तुम्हें क्या कुछ मिलेगा। लेकिन तुम हर चौथे दिन एक नई मांग पैदा कर देती हो जैसे मुझपर दबाव डाल रही हो।" राबिन्दर ने थकी आवाज़ में कहा।

तपस्या ने इस थकी आवाज़ से यह अनुमान लगाया कि राबिन्दर कमज़ोर स्वर में बात कर रहा है। इसलिए उसने इस अवसर को गनीमत समझा और कहा, "यह दबाव नहीं बल्कि असली बात है। और आप तो सिद्धान्तवादी हैं ही। क्या यह अनुचित नहीं कि बेटी कार में घूमे और बेटा यों ही?"

"तुम ठीक कहती हो।"

"इसका मतलब है कि..."

"कोई मतलब न निकालो।" राबिन्दर ने ऊंची आवाज़ में कहा; "मैंने कब कहा है कि आकाश इस घर से चला जाए?"

"लेकिन यह हमारा आपसी फैसला है।"

"ठीक। लेकिन इसके साथ ही यदि मैं कार भी दे देता हूं तो मेरी आमदनी उसी तरह रहती है। और दो बरस बाद धरती को और सुख प्राप्त हो जाए। और इसके विपरीत दो बरस में वह कार घिस जाएगी और तुम उसे नई कार खरीदकर न दे सकोगी। या तुम यह कह सकती हो कि दो बरस बाद अगर मैं एक नई कार खरीदं तो आकाश को भी लेकर देनी होगी?"

तपस्या संभल गई। "नहीं। सिर्फ एक बार। और कार दो बरस नहीं, बल्कि दस बरस भी इस्तेमाल की जाती है।"

"नहीं। नहीं। मुझे हर वह चीज़ देनी होगी जो यहां आएगी।" राबिन्दर ने कंटु स्वर में कहा, "तुम ऐसा करो कि पहले सोच लो, ठीक क्या कुछ ले जाना चाहती हो। शायद कल कुछ और याद आ जाए।"

"नहीं। और कुछ नहीं।"

"वैसे एक बात पूछ सकता हूं?"

"क्या?"

"अगर मैं कार और आकाश देने से इन्कार कर दूं तो तुम क्या करोगी?"

"क्या करूंगी! मैं समझी नहीं।"

"मैं ठीक मांगें तो मान लेता हूं, लेकिन गलत नहीं। तुम समझती हो कि

इस परस्पर समझौते में मैं अपने को हीन समझता रहा हूं। इस कार, दौलत और आकाश की जगह ऐसा न हो कि तुम अदालत के चक्कर लगाना शुरू कर दो। वकील, मुंशी और कोर्टफीस पर जेब से रुपये खर्च करो और मुकदमे का फैसला होने में मैं इतनी देर करा दूं कि तुम्हारे कुल गहने बिक जाएं या पांच बरस बाद अगर फैसला हो जाए और मुझे जो कुछ देना पड़ा वह इतना कम हो कि वह रकम मुकदमे पर ही उठ जाए। घर में बैठकर यह सोच लेना कि अदालत का दरवाज़ा खटखटाने से यह प्राप्त हो जाएगा, तुम्हारी भूल है। अदालतों में इन्साफ जल्दी और आसानी से नहीं मिल जाता। तुम उस समझौते को तोड़ रही हो जो मैंने खुले दिल से मंज़ूर किया है। तुम्हारा जो भी सलाहकार है वह अव्वल दर्जे का मूर्ख है। उसने आज तक अदालत की सूरत न देखी होगी।" राबिन्दर ने कठोर स्वर में कहा।

"मेरा कोई सलाहकार नहीं।"

"और यह तुम भी नहीं बोल रही हो। और आज कान खोलकर सुन लो," राबिन्दर ने ऊंचे स्वर में कहा, "आज के बाद यदि तुमने कोई और मांग की तो मैंने जो समझौते की बातें मानी हैं वे सब तोड़ दूंगा।"

"धीरे बोलिए।"

"मेरे धीरे बोलने से बात छुपी न रहेगी। मुझे ब्लैकमेलरों से नफरत है। और विश्वास रखो, मुझे ब्लैकमेल करना आसान भी नहीं।" कहते-कहते राबिन्दर का चेहरा गुस्से से सुर्ख हो गया।

तपस्या का चेहरा उतर गया।

"तुमने आज तक मेरा एक ही रुख देखा है—और वह है प्यार। तुम यह नहीं जानतीं कि जिस तेज़ी से मैं प्यार करता हूं उसी तीव्रता से घृणा किया करता हूं। तुमने अभी मेरी घृणा नहीं देखी। तुमने यह तो सीख लिया कि भूल तुम्हारी है, मैं बगुलाभगत हूं, लेकिन तुम्हारी सहेली ने यह नहीं बताया होगा कि बगुलाभगत जब घृणा करता है तो जिस व्यक्ति के साथ वह घृणा करता है, वह चीखने और चिल्लाने लगता है।"

"क्या आप धमकी दे रहे हैं?"

"यदि तुम इसे धमकी समझती हो तब भी ठीक है। तुम और तुम्हारे माता-पिता और तुम्हारे दोस्त शायद मुझे इतना नुकसान न पहुंचा सकें जितना मैं तुम्हें

पहुंचा सकता हूं।"

"लेकिन मैंने तो ठीक बात कही थी।"

"तुमने केवल यह बात नहीं, बल्कि पन्द्रह वर्ष जो कुछ किया है वह सब बातें ठीक थीं। और इतनी ठीक थीं कि हमने अलग होने का फैसला कर लिया है। और अपनी ठीक बातें शराफत के साथ अपने साथ ले जाओ। यदि ऐसी ही एक और ठीक बात की मांग की तो परिणाम क्या होगा, वह मैं कह चुका हूं।"

तपस्या चुप हो गई। वह जानती थी कि अदालत से आकाश, दौलत और कार कभी नहीं मिल सकते थे।

तीन-चार मिनट कमरे में नीरवता छाई रही। तपस्या स्वेटर बुनती रही।

राबिन्दर उठा और फोन की तरफ बढ़ा। तपस्या का दिल धड़कने लगा। जैसे वह अपने वकील से बात कर रहा था। राबिन्दर ने नम्बर मिलाया और दूसरी तरफ से आवाज़ आई तो बोला :

"डाक्टर कपूर...

"येस!" आवाज़ आई।

"मैं राबिन्दर बोल रहा हूं।"

"नमस्ते।"

"नमस्ते।"

"कहो।"

'मेरे सिर में दर्द है। और मुझे शक है कि मुझे बुखार है।"

"शक है तो टैम्परेचर लिया?"

"नहीं! अभी नहीं।"

"क्या मतली हो रही है?"

"हां।"

"व्हिस्की तो नहीं पी?"

"अभी तो नहीं। लेकिन शुरू करने लगा हूं।"

"नहीं, नहीं, बिल्कुल नहीं, एक कतरा नहीं। मैं पन्द्रह मिनट में पहुंच रहा हूं। मेरा विचार है कि तुम्हें फ्लू है। अब तुमने व्हिस्की पी तो इतनी कै करोगे कि तमाम घर भर दोगे।"

यह सुनकर तपस्या ने स्वेटर बुनना बंद कर दिया और राबिन्दर को देखने लगी।

"तुम आ जाओ। मैं प्रतीक्षा कर रहा हूं।"

"मैं आ रहा हूं।" डाक्टर ने कहा और फोन बंद हो गया।

राबिन्दर ने रिसीवर रखा तो तपस्या पास पहुंच गई।

"क्या आपको बुखार है?" कहकर उसने माथे पर हाथ रखना चाहा। राबिन्दर ने हाथ परे करते हुए कहा :

"मत छुओ मुझे।" कहकर वह आगे बढ़कर सोफे पर बैठ गया।

उसने बैठे-बैठे कोट और टाई उतारे। तपस्या उन्हें उठाने लगी तो राबिन्दर ने डांट दिया, "मेरा कोई काम करने की ज़रूरत नहीं।"

"लेकिन...लेकिन..."

"सुना नहीं?" राबिन्दर ने डांटकर कहा।

तपस्या खड़ी रहकर उसे घूरने लगी।

राबिन्दर ने नौकर को आवाज़ दी। जब वह आया तो उसने कोट और टाई ले जाने को कहा और स्लीपिंग सूट और ड्रेसिंगगाऊन लाने का हुक्म दिया।

वह कपड़े बदल चुका तो डाक्टर आ गया।

"हलो मिसेज़ रोबिन!" डाक्टर ने अंदर आकर कहा।

"हलो डाक्टर!" तपस्या ने कहा।

"तुमने टेम्परेचर लिया?" डाक्टर ने जेब से थर्मामीटर निकालते हुए कहा।

"नहीं।" कहकर राबिन्दर ने थर्मामीटर ले लिया।

राबिन्दर ने थर्मामीटर मुंह में रख लिया और डाक्टर उसकी नाड़ी देखने लगा।

"इस फ्लू ने सारे शहर को घेर रखा है। और जिस घर में दाखिल होता है उस घर के तमाम व्यक्तियों को भुगतना पड़ता है।" डाक्टर बोल रहा था।

"क्या बच्चों को भी खतरा है?" तपस्या ने सवाल किया।

"इन्हें भी और आपको भी। इसलिए हम इसे रहस्यमय फ्लू का नाम दे रहे हैं। यों तो यह पांच दिन रहता है; लेकिन इन पांच दिनों के बाद मरीज़ कई हफ्ते तक कमज़ोरी और सुस्ती से छुटकारा नहीं पा सकता।" डाक्टर बातें करता रहा और राबिन्दर की नाड़ी भी देखता रहा।

राबिन्दर ने मुंह से थर्मामीटर निकाला और डाक्टर की तरफ बढ़ा दिया।

डाक्टर ने बुखार का दर्जा पढ़ा। "मेरा शक ठीक था।"

"कितना टेम्परेचर है?" तपस्या बोल पड़ी।

"एक सौ तीन, मिस्टर रोबिन, एक सौ तीन। मैं नुस्खा लिखे देता हूं। नौकर के हाथ कैमिस्ट से दवा मंगा लो। लेकिन यह याद रखना, यह बुखार पांच दिन तक तेज़ रहेगा। और तुम्हें पूर्णरूप में आराम की ज़रूरत है। कोई शारीरिक काम न करना।" डाक्टर ने कहा।

"पहले कौन-सा हल चलाता हूं।" राबिन्दर ने मुस्कराकर कहा।

"वह मैं जानता हूं। कल सुबह यह कमरा रोगी का कमरा न होगा; बल्कि दफ्तर बना होगा। मैनेजर और सेक्रेटरी यहां होंगे, फाइलों का अम्बार होगा और सेक्रेटरी डिक्टेशन ले रही होगी।" डाक्टर ने हंसकर कहा। फिर तपस्या से पूछने लगा :

"क्या आप तीमारदारी कर सकेंगी?"

"क्यों नहीं!" तपस्या ने पूर्ण विश्वास के साथ कहा।

"ज़रा सख्त जीवन होगा। रोगी को पीने के लिए गर्म पानी देना होगा। खाने के लिए चावल और पीने के लिए केवल चाय। परसों शायद फल खा सकें। लेकिन दो-तीन दिन तो बुखार के मारे भूख न लगेगी।" डाक्टर ने कहा।

"आप चिंता न करें। मैं तीमारदारी कर सकती हूं।"

"यदि आप उचित समझें तो मैं नर्स का प्रबंध कर दूं या कहें तो इन्हें नर्सिंग-होम पहुंचा दूं?" डाक्टर ने पूछा।

"मैं घर पर ही ठीक रहूंगा और मुझे नर्स की ज़रूरत नहीं।" राबिन्दर ने ऊंची आवाज़ में कहा।

"वह मैं जानता हूं। तुम दुनिया को बताना नहीं चाहते कि तुम बीमार हो।" डाक्टर ने नुस्खा लिखना बंद कर दिया।

"शुक्रिया डाक्टर और गुडनाइट।" राबिन्दर ने उसे डिसमिस करना चाहा जैसे वह उसकी उपस्थिति से परेशान हो रहा था।

"गुडनाइट। मैं जा रहा हूं घबराओ नहीं। अच्छा मिसेज़ रोबिन! कल सुबह इन्हें देखने आऊंगा।" डाक्टर ने बैग समेटते हुए कहा।

तपस्या ने नौकर को आवाज़ दी, "ठहरो, डाक्टर! नौकर यह बैग कार तक छोड़ आएगा।"

"बेहतर!" कहकर वह राबिन्दर से कहने लगा, "रोबिन, सोच लो, नर्सिंग-होम में तुम दूसरे नाम से दाखिल हो सकते हो और बोर्ड लगवा दूंगा—विज़िटर्स नाट अलाउड" डाक्टर ने हंसकर कहा।

"मैं वी० आई० पी० नहीं हूं जो मेरे कमरे के बाहर ऐसी तख्ती लटक जाएगी। फिर भी मैं नर्सिंग-होम नहीं जा रहा हूं।" राबिन्दर ने कठोर स्वर में कहा।

"मैं जानता हूं। मैं जानता हूं।" डाक्टर कपूर बड़बड़ाया। उसने बैग नौकर को थमा दिया था, "अच्छा, गुडनाइट। गुडनाइट मिसेज़ रोबिन।" कहकर वह कमरे से बाहर निकल गया।

"आप बिस्तर पर लेट जाइए!" तपस्या ने पति से कहा।

राबिन्दर ने जवाब न दिया। उसने घृणा से मुंह मोड़ लिया। तपस्या उसके व्यवहार से जल गई। लेकिन राबिन्दर बीमार था। यह समय गुस्सा प्रकट करने का नहीं था। उसने आगे बढ़कर उसके माथे पर हाथ रखना चाहा तो राबिन्दर ने हाथ झटक दिया।

"मुझे मत छुओ।"

"लेकिन तुमको तो 103 दर्जा बुखार है और तीमारदारी की ज़रूरत है।"

"मुझे तुम्हारी तीमारदारी की ज़रूरत नहीं। मैं तुम्हारे हाथ से दवाई तो क्या, पानी भी नहीं पीना चाहता।" राबिन्दर ने गुस्से में कहा।

"यह ठीक है, लेकिन मैं आपकी पत्नी हूं।"

"पत्नी!" राबिन्दर गुर्राया, "पत्नी यदि होतीं तो मैं तुम्हें तीमारदारी की इजाज़त दे देता। तुम मेरी पत्नी नहीं बल्कि...।"

राबिन्दर ने वाक्य अधूरा छोड़ दिया।

तपस्या अपना-सा मुंह लेकर रह गई, और खामोशी से जाकर सोफे पर बैठ गई। राबिन्दर अपनी जगह बैठा रहा।

कुछ मिनट बाद वह अपनी जगह से उठा और रसोईघर में चला गया। उसने गैस का चूल्हा जलाया। चावल तलाश किए और उन्हें उबलने के लिए रख दिया।

जब कुछ मिनट गुज़र गए और राबिन्दर न लौटा तो तपस्या उठकर देखने

पहुंची कि वह बाथरूम में नहीं गया तो क्या कर रहा है।

उसे रसोईघर में इस हालत और इस बुखार में चावल पकाते देखा तो बल खाकर रह गई। सचमुच यह इंसान निर्दयी और क्रूर था। अपनी जान पर ज़ुल्म ढा सकता था। और दूसरों का जीना दूभर कर सकता था। वह कुछ देर खड़ी देखती रही। लेकिन अन्दर जाने की जुर्रत न कर सकी।

बुखार और गुस्से ने राबिन्दर के अन्दर जोश पैदा कर दिया था। उसे पूरा पता था कि तपस्या रसोईघर के बाहर खड़ी है। वह जानती है कि राबिन्दर को तेज़ बुखार है। इस दशा में अपना खाना आप तैयार करके वह प्रकट करना चाहता है कि वह कितनी घृणा करता है। घृणा की इस आग में केवल राबिन्दर ही न जल रहा था बल्कि इस आग के करीब तपस्या थी और उसे भी सेंक पहुंच रहा था। वह अपने को दुःख देकर तपस्या को भी उसका शिकार बना रहा था।

तपस्या कई मिनट तक खड़ी रही। न ही उसकी इतनी जुर्रत थी कि रसोईघर के अन्दर चली जाए और न ही राबिन्दर ने निगाह उठाकर उसे देखा। हालांकि वह उसकी मौजूदगी से पूरी तरह वाकिफ था।

राबिन्दर रसोईघर से बाहर निकलकर बाथरूम में चला गया। जाते समय उसने तपस्या पर निगाह न डाली।

तपस्या बल खा रही थी। नौकर डाक्टर को छोड़कर आएगा और राबिन्दर को चावल पकाते देखेगा तो कुल इलाकों के नौकरों में बैठकर बातें करेगा। धरती आ सकती थी। आकाश आकर देख सकता था। वह क्या सोचेंगे और क्या विचारेंगे। यदि घृणा का प्रदर्शन यों ही करना था कि वह तपस्या से तीमारदारी न कराना चाहता था या वह उसके हाथ का बना खाना न खाना चाहता था, उसके हाथ से दवा न पीना चाहता था, तो नौकर से काम ले सकता था। लेकिन राबिन्दर जान-बूझकर ऐसा कर रहा था।

तपस्या से रहा न गया। वह रसोईघर के अन्दर चली गई और देखने लगी कि चावल पक गए या नहीं। वह यही देख रही थी कि राबिन्दर लौट आया। उसने जब तपस्या को रसोईघर में चावल पकाते देखा तो दरवाज़े में ही रुक गया।

तपस्या को पता चल गया था कि राबिन्दर दरवाज़े पर खड़ा है। वह अन्दर

नहीं आया। वह इस आशा में खड़ी थी कि अंदर आ जाएगा। आखिर वह उसकी दुश्मन तो न थी। सोलह वर्ष का रिश्ता इस तरह नहीं टूट जाता। जब बासठ दिन खत्म होंगे, देखा जाएगा। वह अलग हो जाएंगे तो राबिन्दर क्या करता है वह जान न सकेगी। आंख-ओझल पहाड़-ओझल। लेकिन जब तक वह इस घर में थी, वह कैसे सहन कर सकती थी कि बुखार की हालत में राबिन्दर चावल पकाए।

उसका विचार था कि राबिन्दर उसे डांटेगा, पूछेगा कि उसने चावलों को हाथ क्यों लगाया। वह बहस करेगा कि वह उसके हाथ के पके चावल न खाएगा। बहस होगी तो बात खत्म हो जाएगी। दिल का गुबार दूर हो जाएगा।

लेकिन—

लेकिन ऐसा न हुआ। राबिन्दर बिजली की तरह लपका। पूर्व इसके कि तपस्या कुछ जान सकती कि क्या होने वाला है और संभलकर ऐसा करने से रोक सकती, राबिन्दर ने वह बर्तन उलट डाला जिसमें चावल पक रहे थे।

मार्बल के फर्श पर गर्म-गर्म पानी और अधपके चावल बिखरकर रह गए। उनसे भाप उठने लगी। गैस जल रही थी।

तपस्या भौचक्की रह गई। सब कुछ इतनी तेज़ी से हुआ था। उसे समझने में दो-तीन मिनट लगे। वह फटी-फटी आंखों से चावलों और उनसे उठती हुई भाप को देख रही थी। वह अभी संभल न पाई थी और कोई कारण न बता सकती थी। कोई बात न कहकर राबिन्दर तेज़ी से अंदर चला गया।

अब वह खाली पेट सोएगा। तपस्या सोचने लगी कि यह आदमी कितना बेरहम और क्रूर है। बुखार की इस तीव्रता में खाली पेट सोने से न जाने कितना नुकसान कर डालेगा। अब यदि वह जाकर माफी भी मांग ले तो राबिन्दर क्षमा न करेगा। यदि वह नौकर से कहे कि चावल पका दे तो वह खाएगा नहीं। बल्कि उठाकर फेंक देगा।

राबिन्दर की यह योजना थी कि आने वाले पांच दिनों में वह तपस्या को किसी तरह की तीमारदारी नहीं करने देगा। डाक्टर ने कहा था कि पांच दिन बुखार की तीव्रता रहती है। यह बुखार शरीर का बन्द-बन्द तोड़ देगा। इसके बाद इतनी कमज़ोरी हो जाएगी कि रोगी को कितने ही दिन आराम की ज़रूरत है।

राबिन्दर ने पति-पत्नी के रिश्ते को तोड़ दिया था और इस तरह तोड़ा था कि उसे तीमारदारी की भी अनुमति न थी। उसने अपनी इस हरकत से प्रकट कर दिया था कि तीमारदारी केवल पत्नी का हक है, और तपस्या पत्नी नहीं। पिछले दो वर्ष में जो उसका व्यवहार था वह कम यंत्रणापूर्ण न था लेकिन दुःख में तो अपने ही काम आते हैं। राबिन्दर तो बुखार की आग में जलेगा, लेकिन इसके साथ ही उसने तपस्या की नींद और शांति भी हराम कर डाली थी। अब वह उसे अपने कमरे में घुसने न देगा। उसके हाथ से दवा न पिएगा। वह जानती थी कि राबिन्दर सख़्तजान है। वह दुःख-दर्द और बुखार से घबराकर चिल्लाएगा नहीं। उसमें सहनशक्ति आवश्यकता से अधिक है। लेकिन बुखार फिर भी बुखार है और यह बुखार तो बहुत कष्टदायक था। इस दशा में वह केवल तमाशा देखने वाले की भांति थी। वह उसके पास न जा सकती थी, उसका सिर न दबा सकती थी, उसके शरीर को न दबा सकती थी। अपने हाथ से दवा न दे सकती थी। पानी न पिला सकती थी। उसका खाना न पका सकती थी। फिर ऐसी पत्नी बनने से तो बेहतर था कि वह यहां से चली जाए। कम से कम वह अपनी आंखों से उसे बुखार से जलता हुआ तो न देखेगी।

राबिन्दर की बददिमागी और हठधर्मी की बात सोचते-सोचते वह परेशान हो उठी।

वह कपड़ा उठाकर चावल साफ करने लगी ताकि नौकर यह तमाशा न देख ले। उसे पता न चले कि यह क्यों हुआ है। सबसे पहले उसनें गैस बंद की। फिर कपड़े से स्लेब साफ करने लगी।

इस बार तो झगड़ा खत्म होने में न आ रहा था; बल्कि कटुता और नफरत बढ़ती ही जा रही थी। वह अब दुःख-सुख के साथी न रहे थे। एक ही मकान में रहते हुए वह एक-दूसरे से कितने दूर थे।

क्या वह माफी मांग ले? तपस्या के दिमाग में कमज़ोरी ने जन्म लेना चाहा। 'नहीं, नहीं!' तपस्या चिल्ला पड़ी। वह इस व्यवहार से डर नहीं सकती। यदि उसने माफी मांग ली तो फिर उसकी कोई इज्ज़त न रहेगी। उसके आत्म-सम्मान का जनाज़ा उठ जाएगा। राबिन्दर उसे अपनी बगुलाभगती का शिकार करता रहेगा। यह एक बुद्धिमान व्यक्ति की हरकत न थी। यह हरकत केवल

अर्धपागल या बददिमाग इंसान की हरकत थी। तपस्या ने सोचा, वह इस तरह झुक न सकेगी। वह इस तरह डर न सकेगी। वह इन अनैतिक हरकतों और दुर्व्यवहार का सामना करेगी। आखिर इस बगुलाभगती का फैसला हो जाना चाहिए। वह वर्षों से इस बददिमागी का शिकार थी। राबिन्दर ने उसे कभी बराबर न रखा था, उसे तुच्छ और हीन जाना था। और व्यवहार में ऐसा ही सिद्ध किया था जैसे वह पचास वर्ष पुराने समाज के सदस्य हों। जहां औरत घर की लौंडी या पति की जूती होती थी। जहां औरत को ज़ुबान खोलने की इजाजत न थी।

चावल साफ हो गए। मार्बल का तख्ता चमक रहा था। इसपर चावल और पानी न था बल्कि मार्बल के टुकड़े थे। रंग-बिरंगे टुकड़े। यह रंग-रंग के टुकड़े मिलकर फर्श बन गए थे। लेकिन उसकी ज़िदगी इसी तरह एक न बन सकी। उसकी ज़िंदगी टुकड़े न थी, बल्कि टुकड़े बन गई थी। आखिर वह इस इन्सान के साथ किस तरह निर्वाह करे?

रसोईघर से निकलकर वह बच्चों के बेडरूम में गई। बच्चे निश्चिन्त होकर सो रहे थे। क्या कुछ दिनों बाद वह धरती से दूर चली जाएगी? उसने दोनों बच्चों को अपनी कोख से जन्म दिया था। पेट में रखा था। उनकी खातिर वह तमाम दर्द, दुःख और मुसीबतें उठाई थीं जो एक मां बच्चे को जन्म देने और पालने में उठाती है। फिर क्यों एक तो अपना होगा और दूसरा जुदा होकर रह जाएगा। आखिर वह तमाम एक जगह क्यों न रह सके। यदि राबिन्दर अपनी बददिमागी ज़रा कम कर दे, यदि राबिन्दर उसे बराबर समझे तो ऐसा होने से रोका जा सकता था। धरती पराई न थी। इसकी खातिर भी वह गीले बिस्तर पर ही सोती थी। जब धरती पैदा हुई थी तो वह रात-रात-भर जगी थी। और अब वह धरती उससे अलग होकर रह जाएगी! आखिर धरती उसकी दुश्मन तो न थी। झगड़ा तो तपस्या और राबिन्दर का था। धरती तो बहुत ही भोली और प्यारी बच्ची थी। उसे धरती से कितना प्यार था। धरती तो नहीं चाहती थी कि वह मम्मी के गले में बांहें न डाले। वह रोज़ स्कूल जाती थी। जब छुट्टी होती और सब बच्चियां बस्ते उठाकर बाहर निकलती तो दूसरे बच्चों की माताएं बाहर प्रतीक्षा कर रही होतीं। कारें खड़ी होतीं। मोटरें खड़ी होतीं। और अब यह सब बंद हो जाएगा। क्यों? क्यों?

केवल इसलिए कि राबिन्दर अपनी बददिमागी दूर न कर सकता था! इस मासूम बच्ची ने क्या बिगाड़ा था? यह तो बददिमाग नहीं!

यह तो मुस्कराने वाली, हंसने वाली, खेलने वाली, इसके गले में बांहें डालने वाली कली थी।

लेकिन दोष किसका था? राबिन्दर का। तपस्या ने निर्णय दे दिया। यदि वह बददिमाग न रहे तो वह हठधर्मी छोड़ सकती थी। यदि राबिन्दर प्यार में डांटे तो वह झट गलती के लिए माफी मांग सकती थी। राबिन्दर उसे अपने व्यवहार से दबाना चाहता था। उसे हीन समझता था। भला यह कोई तरीका था कि यदि उसने चावल पकते देख लिए तो बर्तन ही उलट दिए जाएं। आखिर उसके हाथ लगाने से चावल जहर तो न बन गए थे। यह बददिमागी नहीं तो और क्या थी? आकाश के टीचर ने ठीक ही कहा था कि राबिन्दर कुंठित आदमी है। यह कुंठा ही तो थी जिसके व्यवहार से वह रखैल बन गई थी। राबिन्दर लाख कहे कि कानून और समाज की निगाह में वह पत्नी थी, वह पत्नी का दर्जा रखती थी।

सोचते-सोचते वह बेडरूम से निकलकर अपने बेडरूम में चली गई। लेकिन वहां दोनों पलंग खाली थे।

"हूं!" तपस्या ने खाली पलंग देखकर सोचा। अब वह बददिमाग ड्राइंगरूम में दीवान पर पड़ा होगा। यह सिद्ध करने के लिए कि वह इसके साए से भी घृणा करता है। लानत है ऐसी घृणा पर! घृणा प्रकट करने का यही तो असर है। 103 दर्जा बुखार!

उसी क्षण ड्राइंगरूम से आवाज़ आई, "साहब मैं दवा ले आया हूं।" यह नौकर की आवाज़ थी।

"रख दो।"

"डाक्टर साहब बोलते थे कि आपको थोड़ा गर्म पानी पीना है।" नौकर की आवाज़ आई, "क्या मैं पानी गर्म कर दूं?"

"नहीं, तुम जाकर सो जाओ।"

"जी।"

नौकर के कदमों की आवाज़ आ रही थी।

पानी भी आप उठकर गर्म करेगा? अगर मुझसे घृणा है तो नौकर को ही कह दिया होता कि वह गर्म कर दे। लेकिन वह तो यही प्रकट करना चाहता था

कि मैं तुमसे घृणा करता हूं।

यदि ऐसा है तो मैं भी सूरत नहीं दिखाती। तपस्या ने सोचा और बढ़कर पलंग पर लेट गई। उसने बेडरूम की बत्ती बन्द न की। ड्राइंगरूम में भी रोशनी थी।

समय गुज़रने लगा।

पौने ग्यारह।

सवा ग्यारह।

तपस्या की आंखों से नींद गायब थी। उसे किसी तरह नींद न आ रही थी। राबिन्दर के कमरे में रोशनी थी लेकिन राबिन्दर के खर्राटे की आवाज़ न आ रही थी। न ही वह बुखार की तीव्रता में कुछ बोल रहा था।

क्या वह सो गया? उसे खाली पेट नींद आ गई? क्या उसने दवा पी ली थी? उसने बत्ती क्यों बन्द की? क्या वह सो रहा था या जाग रहा था? आखिर वह कर क्या रहा था?

लेकिन नहीं। वह नहीं जाती। वह जानना भी नहीं चाहती। आखिर वह ऐसे बददिमाग के लिए क्योंकर चिन्ता कर रही थी। बुखार ही तो है, पांच दिन बाद उतर जाएगा। क्या पहले कभी नहीं हुआ? वह सो क्यों नहीं जाती? लेकिन नींद कहां थी? यह नींद किसीने चुरा ली थी या किसीने छीन ली थी। आखिर वह सो क्यों नहीं जाती? वह बेचैन और व्यग्र क्यों थी? उसे यह बात क्यों सता रही थी कि राबिन्दर बुखार से जल रहा है। वह डाक्टर न थी, वह नर्स न थी। राबिन्दर को उसकी तीमारदारी की ज़रूरत न थी। फिर यह कौन-सा आत्मा का सम्बन्ध था? यह कौन-सा बन्धन था जो उसे सोने न देता था! वह जाकर एक बार देख क्यों नहीं लेती कि राबिन्दर सो रहा है या नहीं? वह बुखार की खुमारी में है या वह जागा हुआ है?

लेकिन नहीं। वह उसे देखेगी नहीं। नफरत सिर्फ नफरत को जन्म देती है। नफरत ने कभी प्यार को जन्म नहीं दिया।

उसने उठकर कमरे की रोशनी बन्द कर दी। उसके कदम ड्राइंगरूम की तरफ बढ़ने लगे। लेकिन एकदम रुक गए। नहीं, नहीं। वह उसे नहीं देखेगी। कभी नहीं, जब तक राबिन्दर स्वय उसे बुलाता नहीं, वह पास न जाएगी।

न मालूम वह कब सोई और कितनी देर सोई। नींद आती और टूट जाती। तमाम रात यह आंखमिचौली का खेल जारी रहा और सुबह हो गई।

बच्चे जाग गए थे। वह उठना चाहती थी और जाकर रसोईघर संभालना चाहती थी, लेकिन उसका शरीर रात-भर जागने से टूट रहा था। बुखार राबिन्दर को था और शरीर उसका टूट रहा था। वह बिस्तर पर ही लेटी रही। नौकर नाश्ता तैयार कर देगा। दोनों बच्चे तैयार होकर स्कूल चले जाएंगे।

लेकिन उसके दिमाग पर हथौड़ों की चोटें तो होने लगीं। ड्राइंगरूम से धरती, आकाश और राबिन्दर की आवाज़ें आने लगीं। यह बच्चे भी कितने क्रूर थे। आखिर पिता की संतान थे। मां को मिलने नहीं आए। बीमार बाप से बातें कर रहे थे।

बल खाकर उसने पलंग छोड़ दिया। यह उसकी सरासर हार थी। राबिन्दर सिद्ध कर रहा था कि वह चंगा-भला था। वह ड्राइंगरूम में पहुंची तो बच्चों ने गुडमार्निंग कहा।

"क्या तुम स्कूल के लिए तैयार हो?" वह आकाश से कह उठी।

"हां, ममी। मैं डैडी से कह रहा था कि पी० टी० ए० की मीटिंग है। लेकिन डैडी को बुखार है।"

"हां, वह न जा सकेंगे।" तपस्या ने आकाश से कहा। उसने अब तक राबिन्दर पर निगाह न डाली थी।

"ममी, डैडी सारी रात दीवान पर ही सोए।" धरती ने भोलेपन से कहा, "और डैडी को कितना बुखार है।"

"हूं।"

"और आप कहां सो रही थीं?" धरती ने सवाल किया।

"क्या तुमने नाश्ता कर लिया है?" उसने सवाल को महत्त्व न देते हुए कहा।

"येस ममी।"

"गुड! अब तुम बैग उठाओ, तुम्हारे जाने का समय हो गया

"मैं आज घर रहना चाहती हूं।" धरती ने कहा।

"क्यों?"

"डैडी बीमार हैं। मैं इन्हें दवाई पिलाऊंगी।"

"नहीं। छोटे बच्चे यह काम नहीं करते। यह काम बड़ों का है।" तपस्या ने रूखे स्वर में कहा। वह नहीं चाहती थी कि धरती उसे उसका कर्तव्य याद दिलाए

या उसे पता चल जाए कि राबिन्दर उसके हाथ से दवा नहीं पी रहा है।

"लेकिन ममी।"

"अच्छे बच्चे जिरह या बहस नहीं करते। बैग उठाकर स्कूल जाओ।"

"क्या आप मुझे छोड़ कर नहीं आएंगी?"

"नहीं। नौकर जाएगा।"

"ममी, क्या आप नहीं आ सकतीं?" आकाश ने सवाल किया।

"कहां?"

"मेरे स्कूल।"

"मैं कोशिश करूंगी। और तुम भी स्कूल जाओ।"

बच्चे इस व्यवहार से अनभिज्ञ थे इसलिए उन्होंने समझा कि डैडी बीमार हैं, इसलिए ममी चाहती हैं कि वे डिस्टर्ब न करें। वे कमरे से निकल गए तो तपस्या ने मेज़ पर निगाह डाली।

दवाई उसी तरह पड़ी थी।

"क्या आपने रात दवा नहीं पी?"

राबिन्दर ने जवाब न दिया। उसने मुंह दूसरी तरफ कर लिया।

"टेम्परेचर लिया था?"

"नहीं।"

"डाक्टर आकर चार्ट मांगेगा तो क्या जवाब देंगे?"

राबिन्दर ने जवाब न दिया।

"आपको डाक्टर को बताना चाहिए कि मैं तीमारदारी के योग्य नहीं हूं या हमारे बीच झगड़ा चल रहा है।"

"डाक्टर हमारी घरेलू ज़िंदगी में कोई दिलचस्पी नहीं रखते।"

"दवा न पीकर आप अपनी बीमारी का इलाज नहीं कर रहे हैं।" तपस्या ने भारी आवाज़ में कहा।

"मैं क्या कर रहा हूं, मैं जानता हूं।"

"इस समय कितना टैम्परेचर है?"

"मैं नहीं जानता।"

"थर्मामीटर लाऊं?"

"नहीं।"

"फिर कैसे पता चलेगा कि बुखार कम हुआ है या नहीं?"

"डाक्टर ने कह दिया था कि यह पांच दिन रहेगा।"

"नौकर से कह दिया है कि आपके लिए क्या पकाए?"

"मुझे ज़रूरत होगी तो मैं आप ही पका लंगा।"

"आप चाहते हैं कि नौकर दूसरे नौकरों को बताए कि इस घर में क्या हो रहा है?"

"आखिर एक दिन पता चलना ही है। फिर तुमने दुनिया की परवाह कब से शुरू कर दी? दुनिया का इतना ही डर था तो...।"

"तो क्या?"

"कुछ नहीं।"

"अगर आप मेरे हाथ से दवा नहीं पीना चाहते हैं तो आप ही पी लीजिए।"

"मैं कह चुका हूं, मुझे अब और दिक न करो।"

तपस्या कुछ देर खड़ी रही, फिर रसोईघर में चली गई।

साढ़े नौ बजे डाक्टर आ गया तो तपस्या भी कमरे में आ गई।

"नमस्ते, डाक्टर।"

"नमस्ते, मिसेज़ रोबिन।" डाक्टर ने कहा।

"डाक्टर, इन्होंने रात कुछ नहीं खाया और दवा भी नहीं पी।" तपस्या ने डाक्टर की हमदर्दी हासिल करनी चाही।

"लेकिन शीशी में तो तीन खुराकें कम हैं!" डाक्टर ने जवाब दिया।

"लेकिन, लेकिन...।" तपस्या ने शीशी देखी। सचमुच उसमें तीन खुराकें कम थीं। अभी पौन घंटा गुज़रा कि यह भरी हुई थी।

"राबिन्दर, तुम्हारी मिसेज़ क्या कह रही हैं?"

"जो तुम सुन रहे हो।"

"क्या यह ठीक है?"

"शीशी तुम्हारे सामने है।" राबिन्दर ने कहा।

"फिर यह चक्कर क्या है?" कहकर थर्मामीटर निकाला।

"क्या रात आपने टेम्परेचर नहीं लिया था?" वह तपस्या से सम्बोधित हुआ।

"जी नहीं।" तपस्या ने बेधड़क कहा, "इन्होंने मना कर दिया था कि मेरे कमरे में मत आना।"

"ओह नो। तुम भी अच्छे मियां-बीवी हो! यों झगड़ते हो जैसे शादी को चार महीने हुए हों!"

राबिन्दर बोलना चाहता था लेकिन उसके मुंह में थर्मामीटर था।

"इन्हें मेरी तीमारदारी की ज़रूरत नहीं।"

"फिर नर्सिंग-होम चले जाएं।"

राबिन्दर ने थर्मामीटर मुंह से निकाल लिया, "डाक्टर, मुझे कहां जाना है, क्या करना है, मैं बेहतर जानता हूं। यदि तुम इलाज नहीं कर सकते तो मैं दूसरे डाक्टर को बुला लंगा।"

"तुम समझते हो कि मैं मरीज़ संभाल नहीं सकता! हर मरीज़ स्वभाव से चिड़चिड़ा होता है।" डाक्टर ने लापरवाही से कहा। वह थर्मामीटर देख रहा था। एक सौदी प्वाइंट चार। लेकिन सुबह के समय टेम्परेचर कम होता है।

"खैर, तुम दवा पीते रहो, यह मिस्ट फ्लू ही है।"

"खाने के लिए क्या देना है?" तपस्या ने सवाल किया।

"चावल उबले हुए। मौसम के फल। लेकिन खट्टे नहीं।" डाक्टर अपना बैग समेट चुका था, "वैसे मैं शाम को फिर आऊंगा। लेकिन ऐसी कोई ज़रूरत भी नहीं। जैसा मैं कह चुका हूं, पांच दिन तक बुखार रहेगा। हां, बाद में कमज़ोरी परेशान करेगी। गोलियां जो दी हैं वे खुश्क हैं। अनार जितना अधिक दे सको अच्छा है।"

"ओ० के०, डाक्टर। बाई-बाई!" राबिन्दर बोला।

"जा रहा हूं, धक्के क्यों दे रहे हो?" डाक्टर ने हंसकर कहा, "मैं डाक्टर हूं, तुम्हारे स्टाफ में नहीं हूं।"

"मैं भी तुम्हें स्टाफ में नहीं समझ रहा हूं। जाकर मरीज़ों को देखो।" राबिन्दर ने मुस्कराकर कहा।

"ओ० के०।" कहकर डाक्टर ने बैग उठा लिया।

"बेहतर डाक्टर, मैं नौकर को भेजती हूं।"

"नहीं, मिसेज़ रोबिन,मैं इसी तरह चला जाऊंगा, वरना तुम्हारा पति मेरे बिल से चार आने कम कर देगा।" डाक्टर ने हंसकर कहा।

"डाक्टर!" राबिन्दर चिल्ला पड़ा।

"मरीज़ चिल्लाया नहीं करते।" डाक्टर ने डांटा, "ओ० के० मिसेज़ रोबिन, जाता हूं।"

"बाई-बाई, डाक्टर!"

डाक्टर कमरे से निकल गया।

"क्या तुम मेरा इलाज कर रही हो?"

"क्या मतलब?"

"तुमने डाक्टर से क्यों कहा कि मैंने कल रात दवा नहीं पी?"

"लेकिन यह सच है।"

"सच है या झूठ, तुम मेरे मामले में दखल देने वाली कौन होती हो?" राबिन्दर ने गुस्से में कहा।

"मैं आपकी दुश्मन तो नहीं! आखिर दवा के बिना आराम कैसे आएगा!"

"लेकिन यह हमदर्दी किधर से पैदा हो गई है?"

"हद है। मैं नहीं समझती कि कौन-से पति-पत्नी में झगड़ा नहीं होता। लेकिन यह सरासर बददिमागी नहीं तो क्या है? मैंने चावल को हाथ लगाया तो उन्हें उलट दिया। अगर मेरे हाथ लगने से वह विषैले बन गए थे तो नौकर से कह दिया होता। लेकिन भखे सोने से आपने क्या सिद्ध किया?" तपस्या ने कटु स्वर में कहा।

"और तुम यह सहानुभूति जताकर क्या यह सिद्ध करना चाहती हो कि तुम एक दया की पुतली और पतिव्रता स्त्री हो जो पति की हर बात को स्वीकार करती है, जो पति की आज्ञा बिना सांस भी नहीं लेती? आखिर इस ढोंग और स्वांग की ज़रूरत कहां से आ पड़ी? मैं मरता हूं या जीता हूं तुम बिना वजह चिंता क्यों करती हो?"

"चिंता नहीं करती, घबराओ नहीं। लेकिन एक इन्सान के नाते आपकी इन हरकतों की दाद नहीं दे सकती। कोई भी व्यक्ति जो तनिक भी बुद्धि रखता हो, ऐसी हरकतें नहीं कर सकता।"

"और जो कुछ तुमने पन्द्रह वर्ष किया है वह प्रशंसनीय है?"

"मेरी तो हर बात ज़हर बनकर रह गई है। लेकिन मैं पूछती हूं, आप कहां के इतने समझदार हैं जो बुखार में खाली पेट रहकर और दवा न खाकर अपना इलाज कर रहे हैं! यदि मेरी उपस्थिति आपको बुरी लगती है तो नर्स रख लीजिए या नर्सिंगहोम चले जाइए। लेकिन इलाज तरीके से कराइए।"

"मुझे जो करना है, मैं बेहतर जानता हूं।"

"इसलिए कि आपसे बड़ा दिमाग किसीने नहीं पाया?"

"लेकिन तुमसे बेहतर है।"

"वह तो मैं जानती हूं।"

"और इस बहस से तुम मेरा इलाज कर रही हो!"

"अब कितना टेम्परेचर था?"

"मैंने डाक्टर से पूछा नहीं।"

"मैं थर्मामीटर लाती हूं, घर में पड़ा है।"

"नहीं।" कहकर राबिन्दर ने करवट बदल ली।

तपस्या कुछ देर खड़ी रही। फिर कमरे से निकल गई। इस बददिमाग इन्सान से समझौता न हो सकता था। उसके निकलने की देर थी कि राबिन्दर दीवान से निकल आया और फोन पर नम्बर मिलाने लगा।

"कौन? मिस्टर राना!" राबिन्दर ने अपने मैनेजर की आवाज़ पहचानकर कहा।

"येस सर।" राना ने भी आवाज़ पहचान ली थी।

"मिस्टर राना, मुझे मिस्ट फ्लू हो गया है। डाक्टर कहता है कि पांच दिन तक तेज़ बुखार रहेगा और इसके बाद पांच-छः दिन मुझे पूरा आराम करना होगा। आप दफ्तर में स्टाफ को, किसी भी मिलनेवाले को न बताएं कि मैं बीमार हूं।"

"लेकिन साहब, कुछ लोग मिलने के लिए आना चाहते हैं।"

"नहीं। यह मेरा हुक्म है। मैं नहीं चाहता कि लोग मेरे स्वास्थ्य का हाल पूछने आएं। इससे मैं निरोग नहीं हो सकता। केवल डाक्टर के इलाज से ही स्वस्थ हो सकूंगा। मुझे इन शब्दों से घृणा है जो बीमार को पूछने आते हैं और कहते हैं, अब आपकी तबीयत कैसी है!" राबिन्दर ने उनकी नकल उतारते हुए कहा, "चेहरा सचमुच कमज़ोर नज़र आ रहा है। वैसे, बीमार का चेहरा चमका करता है।"

"फिर, क्या कहूं?"

"कह देना कि मैं शहर से बाहर हूं।"

"कहां?"

"यह बताने की आवश्यकता नहीं, बस इतना काफी है कि मैं शहर से बाहर हूं। क्या करने गया हूं, कहां गया हूं, यह बताना ज़रूरी नहीं।"

"क्या मैं हाज़िर हो सकता हूं?"

"आप! हां, आप शाम को पन्द्रह मिनट के लिए आ सकते हैं। मैं दिन-भर की रिपोर्ट जानना चाहूंगा। लेकिन मिज़ाज-पुरसी के लिए नहीं। मैं नहीं चाहता कि लोग मुझे बीमार देखें।" राबिन्दर ने हुक्म दिया।

"बेहतर।" मैनेजर ने नम्रता से कहा।

"यदि कोई बहुत ही ज़रूरी बात है तो आप मुझे फोन कर सकते हैं। लेकिन उस समय आपके कमरे में कोई न हो, ताकि कोई न जान सके कि आप मुझसे बात कर रहे हैं।"

"जी, बेहतर।"

"ओ० के०।" कहकर राबिन्दर ने फोन रख दिया।

तपस्या दरवाज़े में खड़ी थी और उसने अंतिम बातें सुन ली थीं। सचमुच यह बददिमाग था।

फोन बन्द हुआ तो वह अन्दर चली गई।

"कौन था फोन पर?"

"मैनेजर।"

"आप उसे कह रहे थे कि कोई आदमी मेरी मिज़ाज-पुरसी को न आए!"

राबिन्दर ने उत्तर न दिया।

"आप बीमारी भी दुनिया से छुपाना चाहते हैं! हालांकि बीमार होना कोई जुर्म तो नहीं, कोई गुनाह तो नहीं जो छुपकर किया जाए।"

"केवल गुनाह ही है जो मैं छुपकर नहीं करता।"

"फिर अब क्यों छुपा रहे हैं। इन्सान समाज का सदस्य है और जब कोई बीमार पड़ता है तो उसके मित्रगण उसकी सेहत का हाल पूछने आते हैं। लेकिन आप उन्हें इस हक से भी वंचित करना चाहते हैं! या आप दुनिया को बताना और दिखाना चाहते हैं कि बीमारी ने आपको कितना कमज़ोर और दुर्बल बना दिया है। आपने हमेशा अपनी सेहतमंद तस्वीर पेश की है, अपनी दुर्बलताओं को कभी किसीके सामने प्रस्तुत नहीं किया। लेकिन बीमारी कमज़ोरी नहीं। बड़े-बड़े डाक्टर बीमार हो जाते हैं। लेकिन कोई इस तरह नहीं छुपाता।"

"मुझे तुम्हारी सलाह की ज़रूरत नहीं।" राबिन्दर ने गुस्से से होंठ काटते हुए कहा।

"यह सलाह नहीं। आप कुछ लोगों को उनके हक से वंचित रखना चाहते हैं।" तपस्या ने उसे घूरते हुए कहा।

"मैं अपनी ज़िंदगी बेहतर गुज़ार सकता हूं। मैं लोगों को कित किस्म के हक देना चाहता हूं, मैं जानता हूं।"

"और पत्नी से तीमारदारी भी नहीं कराना चाहते!"

"यदि पत्नी होती तो ज़रूर कराता।"

"ओह!" तपस्या बल खाकर रह गई, "इस दशा में भी दिमाग आकाश पर है।"

"और तुम उसे फर्श पर देखना चाहती हो।" राबिन्दर खोखली हंसी से बोला, "मैडम, तपस्या! तुम मुझे कभी लाचार और मजबूर न पाओगी, यह तो सिर्फ मिस्ट फ्लू है। 103 डिग्री बुखार है। यदि मौत भी सामने खड़ी हो तो मैं लाचार और मजबूर होकर तुम्हारा सहारा न लूंगा। मैंने एक दिन कहा था कि तुमने सिर्फ मेरा प्यार देखा है, मेरी घृणा नहीं देखी। बुखार से अगर मैं बेहोश हो जाता तो मूर्च्छावस्था में भी मुझे इतना होश होता कि मैं तुम्हारे हाथ के स्पर्श को पहचान सकूं।"

पांच दिन राबिन्दर बुखार में फुंकता रहा। बुखार ने उसका बन्द-बन्द ढीला कर दिया। जोड़ों में कमज़ोरी पैदा हो गई और उससे दर्द पैदा हो गया। लेकिन इस हालत में भी उसको जब भूख लगी तो उसने अपने चावल आप पकाए। पीने के लिए पानी गर्म किया और दवा आप ही पी।

न मालूम, वह यह सब कुछ करके क्या सिद्ध करना चाहता था!

इन पांच दिनों में तपस्या को एक पल चैन नसीब न हुआ। वह रात को इसी आशा पर जागती रहती कि शायद रात्रि के किसी पहर या पल राबिन्दर उसे पानी गर्म करने के लिए कह दे या दवा मांग ले। लेकिन ऐसा न हुआ।

पांच दिन के बाद बुखार टूट गया।

बुखार टूट गया; लेकिन गोलियों की खुश्की उभर आई थी। राबिन्दर का चेहरा खुश्की से पुत गया था। सारा चेहरा सफेद हो गया था। कानों के अंदर तो खुश्की की तहें जमी हुई थीं; और सिर से अच्छे-खासे टुकड़े लटक रहे थे जैसे सांप अपनी केंचली उतारता है।

सातवें दिन बच्चे बाहर थे, नौकर अंदर काम कर रहा था और राबिन्दर

ड्राइंगरूम में दीवान पर बैठा था। उसके सामने अनार पड़े थे और वह उन्हें छील रहा था।

तपस्या सोफे पर बैठी थी और स्वेटर बुन रही थी।

"मेरी उम्मीद कितनी बेकार और व्यर्थ सिद्ध हुई।" तपस्या ने स्वेटर बुनते हुए यों कहा जैसे दीवार से बातें कर रही हो।

"इंसान की हर गलत उम्मीद बेकार और निरर्थक सिद्ध होती है।" राबिन्दर ने अनार के दाने खाते हुए कहा।

"और मैं कितनी बड़ी अहमक हूं जो आशा का दामन न झटक सकी। यह जानते हुए भी कि ऐसा कभी नहीं हो सकता।"

"फिर ऐसी आशा क्यों लगाए बैठी रहीं?"

"इंसान जो हूं, पत्थर नहीं। सीने में दिल है, सिर में दिमाग है। दिल धड़कता है, दिमाग सोचता है।"

"ये धड़कनें बेकार हैं और सोचना फिज़ूल है।"

"हां।" कहकर उसने स्वेटर रख दिया, "अब तो यही कहूंगी, मगर यह सब मेरी आंखों के सामने न गुज़रता तो और बात थी। लेकिन... ।" कुछ कहते-कहते रुक गई और चुपचाप खाली दीवार को देखने लगी। राबिन्दर ने एक निगाह तपस्या पर डाली और दाने खाने लगा। वह जानता था कि तपस्या मानसिक असमंजस में घिर गई है। इसके मस्तिष्क में उथल-पुथल हो रही है। स्वयं को यंत्रणा देकर उसने तपस्या को भी यंत्रणा दी थी। उसकी नींद हराम की थी। उसकी शांति भंग हो गई थी और वह फैसला न कर सकती थी कि क्या कहे और क्या न कहे।

आज तक तपस्या उसकी भावनाओं को ठेस पहुंचाकर उसे तड़पता और परेशान होता देखती रही थी। उसे ऐसा करने में सुख प्राप्त होता था और अब राबिन्दर वही सुख प्राप्त कर रहा था। वही सुख जो कसाई को जानवर का वध करते समय प्राप्त होता है। जो शिकारी को शिकार पर गोली दागने के बाद होता है—जब शिकार गोली खाकर जीवन के लिए दौड़ता है और वह दौड़ कितनी निरर्थक और व्यर्थ होती है और कितनी संक्षिप्त होती है।

तपस्या फिर बोलने लगी जैसे वह दूसरे से बोल रही थी, "आपकी सेवा नहीं कर सकती। आपकी तीमारदारी से वंचित कर दी गई तो मैं पत्नी कहां रही। बच्चे पैदा कर लेना और खाना खा लेना। जो कपड़ा आपने खरीद दिया वह पहन

लिया, जो गहना ला दिया, उसे इस्तेमाल कर लिया। और हर महीने अढ़ाई सौ रुपये जेब-खर्च मिल गया। और मैं सात दिन में इस उम्मीद पर बैठी रही कि आप मुझसे दवा मांगेंगे। मुझे पानी गर्म करने को कहेंगे। मुझे सिर दबाने का हुक्म देंगे। मुझे चावल पकाने के लिए कहेंगे। लेकिन...लेकिन...मेरी आशा कितनी बेकार और फिज़ूल सिद्ध हुई। आखिर मैं इस उम्मीद को झुठला क्यों न सकी।"

"इसलिए कि तुम्हारी अंतरात्मा में एक कांटा बुरी तरह चुभ रहा था और उसकी चुभन तुम्हें ऐसी बेकार उम्मीद पर विवश करती थी।"

"अंतरात्मा!" तपस्या ने गहरा सांस लिया, "इंसान गलतियों और कमज़ोरियों का पुतला है।"

"लेकिन ऊंचे इंसान अपनी कमजोरियों और गलतियों को स्वीकार कर लेते हैं।"

"स्वीकार करना और बात है। आप स्वीकार नहीं कराते हैं। आपका व्यवहार और बर्ताव दूसरों को तुच्छ सिद्ध करता है। जब दूसरा हीन बन जाता है तो आपको खुशी हासिल होती है।"

"क्या हीनता को कुछ और भी नाम दिया जा सकता है?"

"मैं केवल एक सवाल पूछती हूं।"

राबिन्दर ने प्रश्नसूचक दृष्टि से उसे देखा।

"इन सात दिनों के व्यवहार से आपको क्या हासिल हुआ? इस नफरत ने आपको क्या दिया?"

"कुछ नहीं।"

"फिर आपने ऐसा क्यों किया?"

"यह तुम अभी नहीं समझ सकतीं।"

"आप यह सिद्ध करना चाहते थे कि मैं अब पत्नी नहीं हूं।"

राबिन्दर ने उत्तर न दिया।

"ऐसी ही बातों से हम एक-दूसरे से दूर होते जाएंगे। लेकिन मैं पूछती हूं जब हमने अलग होने का फैसला कर लिया तो इसके लिए इश्तहारबाज़ी क्यों ज़रूरी है? इसकी ज़रूरत कहां आ पड़ी?"

"मैडम! इश्तहारबाज़ी नहीं। अगर इश्तहारबाज़ी होती तो मैं मित्रवर्ग को मिज़ाज-पुरसी के लिए क्यों न बुलाता?"

"ओह! आप नहीं चाहते थे कि दोस्त देखें।"

राबिन्दर ने उत्तर न दिया।

"खैर।" लपस्या ने गहरा सांस लिया।

"तुम्हारी दोस्त ने इस बगुलाभगती का क्या तत्त्व निकाला है?" राबिन्दर ने मुस्कराकर पूछा।

"गोली मारिए उसे।"

"क्यों, अब उसकी बातों पर विश्वास नहीं रहा?"

"आपको आराम की ज़रूरत है।" कहकर तपस्या खड़ी हो गई। "यदि आप मुझसे तीमारदारी कराना नहीं चाहते तो नौकर से कहिए। आपका चेहरा, कान और सिर खुश्की से सफेद हो गए हैं। उसे कहिए कि वह बादाम-रोगन की मालिश कर दे।"

"अगर ज़रूरत समझूंगा तो कह दूंगा।" कहकर राबिन्दर अनार खाने लगा।

"मुझे इजाज़त है?" राबिन्दर ने नाश्ता खत्म करके नैपकिन से मुंह साफ करते हुए कहा, "मैं आज बारह दिन के बाद दफ्तर जा रहा हूं।"

"बेहतर।" डैडी ने इजाज़त दी।

"आप दिन में दफ्तर आ जाएं यदि यहां जी न लगे। या आप चाहें तो मैं कार छोड़ जाता हूं। तपस्या आपको सैर करा देगी।"

"नहीं-नहीं। अब मुझे सैर-सपाटे का शौक कहां।" डैडी ने जवाब दिया।

"जैसा आप उचित समझें।" और मुस्कराकर राबिन्दर खड़ा हो गया। तपस्या खड़ी होने लगी तो राबिन्दर बोल पड़ा, "तुम नाश्ता जारी रखो, मैं आप ही तैयार हो जाऊंगा।"

"ओह!" तपस्या फिर बैठ गई।

राबिन्दर चला गया।

डैडी उठकर ड्राइंगरूम में चले गए। तपस्या ने नाश्ता खत्म किया और ड्राइंगरूम में जाकर रेडियो सुनने लगी।

"तपस्या, बेटा!"

"जी डैडी!"

"यह रेडियो बंद करो, मैं तुमसे एक ज़रूरी बात करना चाहता हूं।"

तपस्या ने उठकर रेडियो बंद कर दिया। "कहिए ऐसी कौनसी ज़रूरी बात है जो रेडियो बाधा डाल रहा था?

"यह बात नहीं। जब से दिल का दौरा शुरू हुआ है मैं शोर सहन नहीं कर सकता।"

"खैर..."

"बेटी! मैं सोच रहा था कि चन्दर के बारे में राबिन्दर से मैं बात करूं, या बेहतर होगा कि तुम बात करो।"

"मैं समझी नहीं। किस किस्म की बात करना चाहते हैं आप?"

"चन्दर ने एम० ए० थर्ड क्लास में पास करके अपना भविष्य अंधकारमय बना लिया है। आज के ज़माने में थर्ड क्लास एम० ए० की कीमत ही क्या है। आज मैं सर्विस में होता तो और बात थी। लेकिन ज़माना इतना बदल गया है कि मेरे अधीन रहकर जो आज उन्नति कर चुके हैं वह भी कुछ नहीं कर सकते या करना नहीं चाहते। जब तक इंसान स्वयं कुर्सी पर होता है, और बात होती है। लेकिन जैसे ही कुर्सी चली जाती है लोग आंखें फेर लेते हैं। मैंने चन्दर से कहा भी था कि परीक्षा ड्राप कर दो, थर्ड क्लास से बेहतर है कि एक साल गंवा दिया जाए। एक साल खो देने से जीवन में इतना नुकसान नहीं होता जितना थर्ड क्लास पाने के बाद आयुपर्यन्त एक दाग लग जाता है। अब वह एक बरस से बेकार है। अच्छी नौकरी कहां। इस एक वर्ष के अरसे में उसने दर्जनों जगह नौकरी के लिए प्रार्थनापत्र दिए हैं लेकिन आज सिफारिश के बिना काम नहीं चलता। सिफारिश भी राजनीतिज्ञों की। मैम्बर पार्लियामेंट या मिनिस्टर। एक रिटायर्ड क्लास वन अफसर को कोई नहीं पूछता।"

"उसे इंग्लैण्ड भेज दीजिए।" तपस्या ने राय दी।

"इंग्लैण्ड!" डैडी ने गहरा सांस लिया, "इंग्लैण्ड में लेबर की आवश्यकता है, पढ़े-लिखे लोगों की नहीं। पढ़े-लिखे केवल डाक्टरों, इंजीनियरों और टीचरों की आवश्यकता है। थर्ड क्लास एम० ए० की नहीं।"

"फिर आप यहां ही प्रयत्न कीजिए।"

"प्रयत्न ही तो एक वर्ष से हो रहा है। उस गरीब ने कहां-कहां प्रयत्न नहीं किया। जवान लड़का बेकार हो तो दुनिया सौ तरह की बातें करती है। मैंने तो उसे कहा था कि राबिन्दर से मिले लेकिन उसने मुझे भेज दिया है कि मैं बात करूं।

अब कल से मैं यही सोच रहा हूं कि आप बात करूं या तुम करो तो बेहतर होगा।"

"यदि हम दोनों में से कोई न करे तो बेहतर होगा।" तपस्या ने कहा।

"क्या मतलब? तुम चाहती हो चन्दर स्वयं आकर बात करे?"

"नहीं।"

"फिर? मैं समझा नहीं! राबिन्दर तुम्हारा पति है, चन्दर तुम्हारा छोटा भाई। उसकी ज़िंदगी का सवाल है। राबिन्दर अव्वल तो अपनी ही फर्म में नौकरी दे सकता है। यदि ऐसा नहीं तो इसकी पहुंच बहत बड़ी है। वह किसी भी अच्छी फर्म में चार साढ़े चार सौ की नौकरी दिलवा सकता है। क्या तुम सहमत नहीं?"

"फिर मैं बात करूं?"

"नहीं।"

"तो तुम करोगी?"

"नहीं।"

"क्यों?"

"मैं इनका अहसान लेना नहीं चाहती।"

"अहसान का क्या मतलब? राबिन्दर चन्दर का जीजा है। यदि जीजा छोटे साले को नौकरी देता है तो यह अहसान नहीं होता।" डैडी ने धीरे से कहा।

मैं नहीं चाहती कि मैं या चन्दर इनसे नौकरी के सिलसिले में मदद हासिल करें।"

"लेकिन क्यों?"

"अब क्यों का जवाब ज़रूरी है क्या? क्या मैं अपने पति को नहीं जानती? क्या उनके अधिकार और पहुंच से परिचित नहीं हूं?"

"फिर क्या वजह है?"

"बस। ऐसी कि मैं नहीं चाहती।"

"लेकिन तपस्या, वह तुम्हारा भाई है और एक वर्ष से बेकार है। जब तक वह अपनी जीविका कमाने नहीं लगता, उसका विवाह नहीं हो सकता।"

"मैं जानती हूं।"

"फिर इन्सान अपनों के पास ही तो जाता है।"

"आपने ठीक कहा है कि इन्सान अपनों के पास ही जाता है।"

"फिर तुम क्यों नहीं चाहती?"

"डैडी! आपकी बहस की आदत नहीं गई। क्या मेरा यह कह देना काफी नहीं कि मैं ऐसा नहीं चाहती?"

"तुम्हारा मतलब है कि राबिन्दर नौकरी दिलवा नहीं सकता?"

"यह भी गलत है कि वह दिलवा नहीं सकते। और अपनी फर्म में भी रख सकते हैं। यही नहीं, बल्कि एक बार उन्होंने कहा था कि वह आपको भी एक हज़ार रुपये महीने पर नौकरी दे सकते है।"

"मुझे!" बूढ़े की आंखों में चमक पैदा हो गई।

"हां।"

"मैं तो अपने को दुनिया का सबसे भाग्यशाली व्यक्ति समझूंगा। एक हज़ार कहां, यदि वह मुझे चार या पांच सौ रुपये मासिक दे दे तो मैं फौरन स्वीकार कर लूंगा।"

"क्या आपकी आर्थिक दशा इतनी खराब हो गई है?"

"आर्थिक दशा नहीं बेटी! दिन व्यतीत करना कठिन हो जाता है। बेकार बैठे-बैठे आदमी तंग आ जाता है। पैसे का लालच नहीं। लालच केवल इस बात का है कि मैं व्यस्त हो जाऊं।"

"आपने सैंतीस वर्ष सरकारी नौकरी की है। क्या अभी थके नहीं? अब आपको पूरी तरह से आराम की ज़रूरत है।"

"यह आराम नहीं, यह तो यंत्रणा है। कई बार तो समय ही नहीं कटता। कोई कितनी बार अखबार पढ़े! दिन इतना लम्बा होता है कि कटता नहीं।" डैडी ने सारी बात समझा दी।

"आप किसी संस्था में सम्मिलित हो जाएं जहां आनरेरी काम मिल सकता हो।" तपस्या ने बताया।

"खैर। मैं अब यही करूंगा। मैं तो यों ही बात कर रहा था। अब रिटायर हो गया हूं। दो-चार वर्ष और जीना है। मुझे अपनी चिंता नहीं। लेकिन मैं तो चन्दर के लिए परेशान हूं। यदि राबिन्दर मुझे एक हज़ार की नौकरी दे सकता है तो चन्दर को चार सौ की नहीं दे सकता?"

"दे सकता है। लेकिन मैं नहीं चाहती कि चन्दर इसकी नौकरी करे।"

"लेकिन क्यों?"

"इसलिए कि मैं नीची हो जाऊंगी।"

"नीची! नारी हमेशा पति के सामने नीची है।"

"लेकिन मैं नहीं..."

"ओह! मेरा विचार था कि शादी के इतने वर्ष के बाद और दो बच्चों की मां बनने के बाद तुम यह भूल जाओगी। तुम अभी तक हाई हैडिड हो! तुम पति का अहसान नहीं लेना चाहतीं, हालांकि कोई पति पत्नी पर अहसान नहीं करता।" डैडी ने धीरे से कहा।

"लेकिन यह करते हैं।"

"मैं नहीं मानता।"

"अब आप इसे मान सकते हैं कि नहीं, मैं नहीं जानती। जानते हैं जिस दिन उन्होंने कहा था कि मैं आपको एक हज़ार रुपये की नौकरी दे सकता हूं वह इसलिए नहीं कहा था कि आप इस नौकरी पर एक हज़ार रुपये मासिक के योग्य हैं। वह आपको आपकी योग्यता के बलबूते पर नहीं दे रहा था बल्कि यह दिखाने की खातिर, आपको तुच्छ समझने की खातिर और स्वयं को उच्चतर समझने की खातिर। अब मैं आपको वह शब्द दुहरा देती हूं जो उन्होंने कहे थे। 'आज मैं तुम्हारे डैडी को एक हज़ार रुपये मासिक पर नौकर रख सकता हूं। क्योंकि वह मेरी शादी के विरुद्ध था। मुझे एक आवारा नौजवान समझता था।" तपस्या ने शब्द दुहराए। "अब आप इन शब्दों से अंदाज़ा लगाइए कि वह क्यों आपको एक हज़ार रुपये मासिक पर नौकर रखना चाहते थे। वह आपको नौकरी देना चाहते थे। वह सिद्ध करना चाहते हैं कि अब वह अमीर हैं। और अपने ससुर को नौकर रख सकते हैं। नौकरी देना और नौकर रखना दो अलग-अलग बातें हैं।"

"तों वह अभी तक नहीं भूला कि मैं इस शादी के विरुद्ध था?"

"जी नहीं।"

"लेकिन एक बाप को हक पहुंचता है कि वह ऐसी बात कहे। आखिर उन दिनों यह बेकार था।"

"लोग कहते हैं कि ऊंट कीना-परवर होते हैं। वह बदला लेता है और दिल में कीना रखता है। लेकिन मैं कहती हूं इनसे बड़ा कोई कीना-परवर नहीं। मेरी एक सहेली तो इसे बगुलाभगत कहती है। और अब तो मैं भी कहती हूं।"

"लेकिन मैं तुम्हें बचपन से हाई हैडिड कहा करता था। तुम भी तो कम नहीं

हो।" डैडी ने कहा।

"इतनी मैं नहीं जितना यह है।"

"फिर चन्दर के लिए न कहूं?"

"बिल्कुल नहीं। बल्कि मैं तो स्वयं नौकरी की तलाश में हूं।"

"तपस्या, तुम क्या कह रही हो!"

"मैं ठीक कह रही। 30 जनवरी को हम अदालत में जाकर बयान देंगे कि हमारी शादी टूट गई है।"

"पागल हो गई हो क्या। अब बच्ची नहीं हो। न ही जवान हो। तुम्हारी शादी को सोलह वर्ष होने आए हैं, अब तुम तलाक ले रही हो। जब तुमने इस व्यक्ति के साथ जीवन के बेहतरीन साल गुज़ारे हैं, जो राबिन्दर के सबसे बुरे साल थे। तुमने गरीबी और भूख को सीने से लगाया। आज जब हर सुख प्राप्त है, संतान है, दौलत है, आराम ब सुख है, कार है, कोठी है, तो तुम इस शादी को तोड़ रही हो। इस उम्र में तुम नौकरी करोगी और इस नौकरी से अपनी ज़िंदगी को तबाह करना चाहती हो?"

"हां डैडी!"

"और यह सरासर पागलपन है या बददिमागी। मैं तुम्हें आज तक नहीं समझ सका। हालांकि तुम मेरा खून हो। इतना ऊंचा दिमाग, इतना गुण किसी भी बच्चे में नहीं। मैं इस शादी के विरुद्ध था और तुमने विरोध किया। अपनी डैडी की इच्छा के विरुद्ध इससे शादी की थी। अब जब तमाम सुख प्राप्त हो गए हैं तो तुम इस उम्र में अलग हो रही हो; तुम इस सुख को ठुकरा रही हो। जो तुम्हारी वजह से नज़र आ रहा है। क्या राबिन्दर तुम्हें तलाक दे रहा है?" डैडी परेशान स्वर में बोला।

"नहीं! हमारा यह परस्पर फैसला हुआ है।"

"परस्पर फैसला! क्या राबिन्दर की ज़िन्दगी में कोई और स्त्री आ गई है?"

"मेरा विचार है कि नहीं। वह ऐसे नहीं जो औरत की भावनाओं का सम्मान कर सकें। उनका ईमान, प्यार, स्नेह केवल दौलत है। वह दुनिया के हर रिश्ते, हर बंधन, हर नाते को केवल दौलत के तराज़ू पर परखते हैं। वह इस दौलत के बूते पर मुझे तुच्छ सिद्ध करते हैं। मुझे नीचा दिखाते हैं। और मैं यह सहन नहीं कर सकती। मुझे इस सुख, आराम और ऐश्वर्य, कार और कोठी से घृणा हो गई है। जहां इन्सान की कद्र न हो उसे वहां रहना नहीं चाहिए।"

"लेकिन तपस्या बेटा, तुमने अंग्रेज़ी का वह मुहावरा तो पढ़ा होगा।"

"कौन-सा डैडी?"

"हाउसिज़ आर नालस्वैपर इन मिड-स्ट्रीम।"

"पढ़ा है।"

"और इसे भुला रही हो। इस उम्र में तुम अलग होना चाहती हो। क्या दूसरी शादी का विचार है?"

"इस उम्र में कौन करेगा मुझसे शादी?"

"लेकिन तुमने अच्छी खुराक से अपनी सेहत संभालकर रखी है। मैं एक बाप हूं। मुझे कहना नहीं चाहिए। लेकिन तुम सत्ताईस वर्ष से अधिक की दिखाई नहीं देती हो।" डैडी ने कहा, "इस उम्र में तुम अपने घर की स्वामिनी हो और जो सुख प्राप्त है उसे ठुकरा रही हो।"

"इसीमें मेरी बेहतरी है।"

"मैं नहीं मानता।"

"और इसके सिवा चारा भी नहीं।

"शर्तें क्या तय हुई हैं?"

"मैं आकाश को ले जा रही हूं। पूरे कपड़े और गहने। इसके अलावा पचास हज़ार रुपया और कार।"

"शर्त तो बुरी नहीं, लेकिन अब भी कहूंगा कि इस उम्र में नई ज़िंदगी नहीं शुरू की जा सकती।"

"खैर। अब तो फैसला हो चुका है।"

"तुम समझती हो कि तुम इसे कभी नहीं बदल सकती?"

"वह कभी न बदलेंगे।"

डैडी कुछ देर चुप रहे। फिर बोले, "क्या तुम्हारी ज़िन्दगी में कोई दूसरा मर्द आ गया है?"

"ओह डैडी, क्या बेहूदा सवाल है! एक बाप अपनी बेटी से ऐसा सवाल नहीं कर सकता।" तपस्या ने चिल्लाकर कहा।

"एक बाप उस समय तक बाप है जब तक बेटी उसके घर में होती है, वह कुंआरी होती है। अब तुम पन्द्रह वर्ष के लड़के की मां हो। एक कुंआरी लड़की नहीं हो। मैं अगर तुम्हारा डैडी हूं तो तुम अपने बच्चों की मां हो, हममें यह बात

कामन है। और मैं पूछ सकता हूं।"

"तो मेरा जवाब है, नहीं।"

"यही तो गलत जवाब है। राबिन्दर को मैं भी समझता हूं। वह इसीलिए तुमसे अलग हो रहा है कि तुम्हारी ज़िन्दगी में दूसरा मर्द नहीं। राबिन्दर एक स्वाभिमानी पुरुष है। यदि तुम्हारी ज़िन्दगी में दूसरा मर्द होता तो वह कभी तुमसे अलग न होता। बल्कि हर कीमत पर तुम्हें अपने पास रखता और दूसरे मर्द को मैदान से हटा देता। राबिन्दर जैसे ऊंचे दिमाग के लोग यह सहन नहीं कर सकते।"

"आप यह कहना चाहते हैं कि यदि मैं किसी दूसरे मर्द से सम्बन्ध स्थापित कर लूंगी तो वह मुझे अलग न करेगा।" तपस्या के चेहरे पर एक खास किस्म की चमक पैदा हो गई।

"यदि तुम अलग होना नहीं चाहतीं तो ऐसा ही करो।"

तपस्या ने उत्तर न दिया। उसका दिमाग काम कर रहा था। सचमुच यह उसने कभी सोचा ही न था। राबिन्दर कभी दूसरे मर्द को सहन न कर सकता था। उसे पूर्ण विश्वास था कि मैं दूसरी शादी नहीं कर सकती या कोई व्यक्ति मुझसे शादी नहीं कर सकता।

"क्या सोचने लगीं?"

"कुछ नहीं, डैडी।"

"क्या मेरी बात में वज़न नहीं?"

"वज़न तो है, लेकिन मैं ऐसा कर नहीं सकती।" यद्यपि तपस्या सोच रही थी कि राबिन्दर के मित्र-वर्ग में कौन मर्द है जिसके साथ वह फ्लर्ट करे!

"खैर, तुम एक बार ऐसा करो तो सही। तुम आखिरी मंज़िल तक न पहुंचो, केवल फ्लर्ट करो। देखो कि पति का स्वाभिमान किस तरह उबल पड़ता है। वह तुम्हें इस फ्लर्टेशन से रोकने के लिए क्या कुछ न करेगा! बड़ी बात नहीं, वह उसी मर्द का सिर तोड़ने में न झिझके!"

"और यदि कहीं मेरा तोड़ दिया तो?" तपस्या ने हंसकर कहा।

"नहीं! वह तुमपर वार न करेगा। वह तुम्हें नीचा दिखाने की खातिर उस मर्द को तुच्छ बनाएगा। यह सिद्ध करने के लिए कि देखो, जिस मर्द के साथ तुम फ्लर्ट कर रही हो, मैं उसे कितना तुच्छ या नीच समझता हूं?"

तपस्या कोई दिलचस्पी नहीं ले रही थी। उसे तो रोशनी की किरण मिल गई

थी। वह तो योजना तैयार कर रही थी। उसका दिमाग तेज़ी से काम कर रहा था। लेकिन वह कौन हो सकता है? सिर्फ इस सवाल का जवाब चाहिए था। राबिन्दर के मित्रों में ऐसा कौन हो सकता है?

और इस प्रश्न का उत्तर मिल गया।

रात को वह बेडरूम में सोने की तैयारी कर रहे थे। दोनों पलंग साथ-साथ थे।

तपस्या अपने बालों में कंघी कर रही थी। लम्बे स्याह बाल उसके कंधों पर बिखरे हुए थे। वह सोने से पहले गिनकर सौ बार बालों में कंघी करती थी। इस तरह बाल लम्बे रहते हैं और इनकी जड़ें मज़बूत रहती हैं।

उसने अपने को और बालों को देखा।

"मेरे बाल आज भी उतने ही लम्बे हैं।" उसने अपने को आईने में देखते हुए पति से कहा।

राबिन्दर नावल पढ़ रहा था, "मुझसे कुछ कहा?"

"हां, मैं अपने बालों के बारे में कह रही थी कि आज भी यह उतने ही लम्बे और काले हैं।"

"मैं जानता हूं और मैंने हमेशा इनकी तारीफ की है। यद्यपि बालिश्त-भर बाल हों तो लड़की अपने को सुंदर समझती है।"

तपस्या इस तारीफ से खुश हो गई।

"केवल बाल ही नहीं, मैं तुम्हारे शरीर का भी कायल हूं। यद्यपि कुंआरी लड़कियों के शरीर पर खराशें पैदा हो जाती हैं। लेकिन तुम दो बच्चों की मां हो और इसके विपरीत तुम्हारे शरीर पर लहरें या खराशें नहीं।"

"जानते हैं लेडी डाक्टर भी मुझसे पूछ रही थी। वह कहती थी कि मैं अपने मरीज़ों से सैकड़ों रुपये वसूल कर सकती हूं बशर्ते कि यह रहस्य जान जाऊं कि ऐसा क्योंकर हुआ। जिन दिनों धरती को जन्म दिया था तब तुम्हींने तो बताया था कि कपड़े से खुजाया करो!"

"हूं।" राबिन्दर नावल में खो गया।

कुछ देर बाद आवाज़ आई, "सो?" और तपस्या कंघा हेअर ब्रुश में रखकर खड़ी हो गई। उसके शरीर पर नेवी बल्यू गाऊन था, जिसमें वह चमक रही थी।

वह अपने पलंग पर लेट गई।

"धनराज के बारे में क्या राय है आपकी?" तपस्या ने छत को देखते हुए प्रश्न किया।

राबिन्दर ने उत्तर न दिया।

"मैंने कुछ पूछा था।"

"मुझसे?"

"हां"

"क्या?"

"धनराज के बारे में क्या राय है आपकी?"

"किस सिलसिले में?" कहकर राबिन्दर ने किताब बन्द कर दी।

"जनरल!"

"जनरल से क्या तात्पर्य है? उसके कारोबार के बारे में जानना चाहती हो या उसके तलाक-मिले जीवन के बारे में?"

"दोनों।"

"वह कांग्रेस प्रॉडक्ट है। मैं इस एक ही शब्द में उसका चरित्र स्पष्ट किए देता हूं।"

"यह कांग्रेस प्रॉडक्ट क्या है?"

"स्वतंत्रता प्राप्त होने के बाद कुछ लोग मिनिस्टर बन गए तो कुछ अपने को शाही खानदान का सदस्य समझने लगे। जैसे पहले रजवाड़े और नवाब हुआ करते थे, उन्होंने एक ऐसे वर्ग को जन्म दिया था जिसे कांग्रेस प्रॉडक्ट कहते हैं। आवारा, लोफर, बेकार, अनपढ़ लोगों को कोटे, परमिट और लाइसेंसों से, दिनों में अमीर बना डाला। अब वह अमीर तो बन गए लेकिन दौलत उन्हें अच्छी आदतें, सभ्यता और मैनर न सिखा सकी। वह किसी भी स्थान पर खड़े हुए साफ पहचाने जा सकते हैं क्योंकि वह सदा गलत किस्म के कपड़े पहनते हैं, गलत किस्म की बातें करते हैं और गलत आदाब जानते हैं, उनके टैरिलीन के सूट, कार और दौलत उनकी त्रुटियों पर पर्दा नहीं डाल सकती। वह दौलत का सही बिन्दु भी नहीं जानते। कांग्रेसियों ने ऐसे दामाद अपनी नालायक और कुरूप संतान के लिए कोटा-परमिट देकर और लाइसेंसों के बदले में खरीदे हैं। फ्लर्ट लड़कियों पर पर्दा डालने को भी एकमात्र साधन यह कोटा-परमिट और लाइसेंस के रूप

में था। अच्छे और कुलीन लड़के इन मंत्रियों की लड़कियों से शादी को तैयार न थे। इसलिए उन्होंने लड़के खरीदे। लड़कियां ब्याह में कोटे-परमिट और लाइसेंस दिलवाकर शादी करतीं। धनराज भी ऐसा ही प्रॉडक्ट है।"

"उसके पास दौलत है।"

"मैंने कहा तो है कि कांग्रेस के दिए हुए कोटा और परमिट हैं। यह दौलत इन लोगों ने कारोबार में मेहनत और दिमाग लगाकर नहीं कमाई है। बस यों समझ लो कि छप्पर फटा और आसमान से दौलत बरस पड़ी। दिनों में अमीर बन गए।"

"तो क्या धनराज का किसी मिनिस्टर की लड़की से ब्याह हुआ था?"

"लडकी!" राबिन्दर खिलखिलाकर हंस पड़ा। "हंस क्यों रहे हैं आप?"

"तीन गर्भ गिराने के बाद भी कोई लड़की रहती है तो निश्चय ही वह लड़की थी।"

"फिर तलाक क्यों हो गया?"

"धनराज बाकी दामादों से अधिक बुद्धिमान सिद्ध हुआ। वह बेकार था। मिनिस्टर का दामाद बनने से उसे कोटे और परमिट मिल गए। आवारा और कुलटा पत्नी दहेज में यही लाई। कुछ वर्षों में उसने कोटों और परमिटों से लाखों कमा लिए। जब पैसा आ गया तो पत्नी की ज़रूरत न रही। क्योंकि शादी के उपरान्त भी उसकी आवारा और कुलटा पत्नी ने अपनी आदतें न छोड़ी। उसने उसे तलाक दे दिया।" राबिन्दर ने सिगरेट सुलगाते हुए कहा।

"इसका मतलब है धनराज दोषी नहीं!"

"यदि इस दृष्टिकोण से सोचा जाए तो निश्चय वह दोषी नहीं, लेकिन वह समय के साथ ही बदलता जा रहा था, जब उसने मिनिस्टर की लड़की से शादी की तो वह जानता था कि लड़की तीन गर्भ गिरा चुकी है।"

"आज के ज़माने में कौन समय के साथ नहीं बदलता?" तपस्या ने चोट की, "कितनी ही शादियां किसी न किसी कारण से की जाती हैं!"

"मैंने भी तो तुम्हारे साथ तुम्हारी दौलत के कारण शादी की थी!" राबिन्दर इस चोट को सहन न कर सका।

"मैं अपनी बात नहीं करती।" तपस्या खुश हो रही थी कि चोट निशाने पर पड़ी थी। "मेरा बाप तो गरीब था। दहेज कहां से देता। फिर आप मुझे तीन कपड़ों

में लाना चाहते थे।"

"शुक्र है कि तुम्हारे डैडी ने तुम्हें दे दिया था।"

"मैंने आपकी खातिर विद्रोह किया था।"

"मेरी खातिर या अपनी खातिर?"

"क्या आप मुझसे शादी नहीं करना चाहते थे?" तपस्या बल खाकर बोली।

"लेकिन तुम भी तो बेचैन थीं!"

"और आप घाटे में नहीं रहे। आज जो कुछ है, यह सब मेरे भाग्य की वजह से है। मैं इस घर में अपने साथ भाग्य भी लाई हूं।"

"क्यों नहीं! क्यों नहीं! कारोबार मुझे तुमने ही सिखाया है!" राबिन्दर ने चिढ़कर कहा।

"खैर, आप नहीं मानते तो न मानें। लेकिन यह सच है।"

"खैर, 31 जनवरी के बाद देखेंगे कि इस कारोबार और किस्मत को भी तुम अपने साथ ले जाती हो या नहीं!"

तपस्या ने उत्तर न दिया। कुछ देर नीरवता रही।

फिर राबिन्दर बोला, "तुम्हारा डैडी इस बार केवल तीन दिन रहा। क्या तुमने उसकी आवभगत नहीं की?"

"उन्हें आवभगत की ज़रूरत नहीं।"

"फिर किसी स्वार्थ से आया होगा।"

"यदि आए होंगे तो उन्होंने बताया भी होगा!"

"शायद तुमने मना कर दिया होगा।"

"हां।"

"क्या काम था?"

"आप जानकर क्या करेंगे?"

"फिर भी?"

"चन्दर के लिए नौकरी चाहते थे।"

"मैं उसे दे सकता था। और दिलवा भी सकता था।"

"मैं जानती हैं। और मैंने कह दिया था कि मैं यह अहसान नहीं लेना चाहती, बल्कि मैं खुद नौकरी की तलाश में हूं!" तपस्या ने जान-बूझकर यह सब कहा।

"ओह!" राबिन्दर कुछ कहना चाहता था लेकिन रुक गया।

"रुक क्यों गए आप? यह जानना चाहते हैं कि मैंने अलग होने के बारे में उनसे कहा है या नहीं?"

"मेरे पूछने की ज़रूरत नहीं। तुम्हारा अन्दाज़ बता रहा है कि तुमने बता दिया होगा।" राबिन्दर ने कहा।

"हां, मैंने कह दिया था कि चन्दर डेढ़ सौ रुपये महीने की नौकरी कर ले, लेकिन ऐसे बगुलाभगत आदमी की नौकरी न करे।"

"ठीक कहा तुमने। क्लर्क के वेतन में वह बड़ी अच्छी ज़िन्दगी गुज़ार सकता है।" राबिन्दर ने चोट की।

"लेकिन आपसे मांगने नहीं आएगा। निश्चिंत रहिए।"

"मैं तो निश्चिन्त हूं। यदि वह क्लर्की ही स्वीकार कर ले तो इससे मेरी पोज़ीशन में कोई अन्तर नहीं पड़ेगा। लोग यदि यह कहेंगे कि मेरा साला क्लर्क है तो मैं परवाह न करूंगा।" राबिन्दर ने हंसकर कहा।

"फिर अब वह कितने दिन के लिए साला है।" तपस्या ने जलकर कहा।

"तुम्हारा मतलब 31 जनवरी से है?"

"और क्या हो सकता है!"

"यह आज धनराज में एकदम दिलचस्पी क्यों पैदा हो गई?"

"मैं उसकी फर्म में नौकरी कर रही हूं।" तपस्या ने यों कहा जैसे यह सुनते ही राबिन्दर आपे से बाहर हो जाएगा।

लेकिन ऐसा न हुआ। उसने बड़े धीरज से पूछा, "क्या वेतन देगा?"

"चार सौ रुपये मासिक।" तपस्या ने बड़े रोब में कहा। "ठीक है। तुम्हारा गुज़ारा हो सकता है।"

"पहले तो उसने मज़ाक जाना। उसे विश्वास ही नहीं आ रहा था। कहने लगा, 'मिसेज़ रोबिन, आप और नौकरी!' जब मैंने उसे विश्वास दिलाया कि मैं मज़ाक नहीं कर रही हूं बल्कि गम्भीर हूं तो उसने कहा कि मैं रोबिन से बात करूंगा। मैंने कहा कि इसकी ज़रूरत नहीं। वह स्वयं मेरे लिए नौकरी की कोशिश कर रहे हैं। कहने लगा, 'मैं विश्वास नहीं करता।"

"और उसने विश्वास कर लिया!" राबिन्दर ने कटु स्वर में कहा।

"मुझे कायल करना पड़ा।"

"और वह कायल हो गया!"

"मैं जानती हूं आप क्या कहना चाहते हैं; लेकिन जब तक आप सीधी तरह सवाल न करेंगे मैं जवाब न दूंगी।"

तपस्या जानती थी कि राबिन्दर का धैर्य और संयम कृत्रिम था। वह गुस्से में उबल रहा था।

"अच्छा, मैं सवाल करता हूं।"

"कीजिए।"

"वह कायल हो गया और उसने मुझसे पूछना ज़रूरी न समझा?" राबिन्दर का गुस्सा बाहर आ गया।

"देखिए। वह आपसे डरता है।"

"वह मुझसे क्यों डरे?"

"खैर, इसमें कोई शक नहीं कि जैसा आपने कहा है वह कांग्रेस प्रॉडक्ट है, कुलीन नहीं। इसके विपरीत उसका ससुर मिनिस्टर था। इसके अतिरिक्त वह कुछ मिनिस्टरों, एम० पी० और एम० एल० ए० को जानता है। लेकिन वह इस सचाई से इन्कार नहीं कर सकता कि आप बहुत महान हैं। उसकी सारी राजनीतिज्ञों तक पहुंच और उसका असर आपसे कम है। एक वह ही नहीं, आपका तमाम सर्कल आपसे जलता है, आपसे दबता है। मैंने जब चर्चा की और उसे विश्वास दिलाया तो वह हिचकिचा रहा था। उसने एक दर्जन बार कहा होगा कि 'मिसेज़ रोबिन, मैं सिर्फ एक बार मि० रोबिन से बात करूंगा। कल ऐसा न हो कि वह नाराज़ हो जाएं।"

"और तुमने उसे कायल कर डाला कि मैं नाराज़ नहीं हूं?"

"अब मुश्किल नहीं। आखिर हम अलग हो ही रहे हैं। और इस रहस्य को कब तक रहस्य रखा जा सकता है?" तपस्या ने अपने, को विजयी समझते हुए कहा।

"तो तुमने यह रहस्य प्रकट करना शुरू कर दिया है। पहले डैडी को बताया, फिर धनराज को, और इसके अलावा किस-किसको बताया है, तुम बेहतर जानती हो। लेकिन तुम भूल रही हो कि मैं इस तरह ओछे हमलों से घबरा नहीं सकता।"

"यह वार नहीं।" तपस्या मन ही मन मुस्करा रही थी। "आखिर आप जानते हैं कि अलग होने के बाद मैं नौकरी कर रही हूं।"

"और तुम्हें सारे शहर में वह कांग्रेसी प्रॉडक्ट मसखरा धनराज ही मिला था!" राबिन्दर ने गुस्से से कहा।

तीर निशाने पर बैठा था।

तपस्या ने सोचा इस बददिमाग इंसान का दिमाग ठीक करने का एक यही तरीका है। इसने हर व्यक्ति को हेय जाना है। उसे तुच्छ बनाया है। अब स्वयं हेय और तुच्छ बन रहा है तो किस तरह उबल रहा है। उसे इस तरह उबलते देखकर वह खुशी से पागल हो गई थी।

"वह मसखरा नहीं। उसके पास दौलत है। दौलत—नये नोटों की दौलत।" तपस्या ने चिढ़ाने की गर्ज से कहा।

"और यह दौलत उसे समाज में ऊंचा स्थान नहीं दिलवा सकती। वह आज भी दूसरों की दया पर निर्भर है। यदि उसे पतलून का कपड़ा खरीदना होता है तो किसी न किसीकी मदद की ज़रूरत पड़ती है। वह कपड़ों का चुनाव नहीं कर सकता। वह अच्छे रेस्टोरेण्ट में जाकर खाने का आर्डर नहीं दे सकता। आज भी उसे पता नहीं कि कौन-सी शराब कब पी जाती है, अच्छी डिश कौन-सी होती है। उसे हर जगह पर एक ए० डी० सी० की ज़रूरत है। वह स्वतन्त्र रूप से कुछ नहीं कर सकता। कोई निर्णय नहीं कर सकता।"

"लेकिन मुझे तो नौकरी की ज़रूरत है।"

"मैं जानता हूं। कल मेरे फोन के बाद क्या पोज़ीशन होती है, केवल यह देखना होगा।" राबिन्दर ने होंठ काटे।

"देखिए, आप धमकी दे रहे हैं और यह ठीक नहीं है। जब हम अलग हो रहे हैं तो मेरे जीवन की धारा आपके वश में नहीं है। आखिर मैं नौकरी चाहती हूं।"

"और वह तुम्हें मेरे सर्कल में नहीं मिल सकती।"

"वह सर्कल आज मेरा भी है। लेकिन आप यों कह रहे हैं जैसे आपसे अलग होने के बाद मैं आपके सर्कल के किसी भी व्यक्ति से मेल-जोल नहीं रख सकती।" तपस्या ने ऊंची आवाज़ में कहा।

"रात्रि के इस पहर चिल्लाओ नहीं।"

"लेकिन आप मुझे धमकी दे रहे हैं। मेरे रास्ते में रोड़े अटका रहे हैं। और मैं आपको मना करती हूं कि आप धनराज को इस सिलसिले में फोन न करेंगे।" तपस्या ने सुर्ख होकर कहा।

"खूब! तुम मुझे मना कर रही हो। मैडम, इस शब्द से मुझे घृणा है। आज शायद ही कोई व्यक्ति होगा जो मुझपर यह शब्द प्रयोग कर सकता हो।" राबिन्दर उठकर बैठ गया। "तुम क्या यह भूल जाती हो कि मुझे किसी काम से

मना करने का मतलब है कि अपनी..."

"कह दीजिए, रुक क्यों गए। अपनी मौत खरीदना है।"

"मैं ऐसा तो नहीं कहता, लेकिन मैं ऐसे वाहियात शब्द सुनने का आदी नहीं हूं। तुम मुझे मना कर रही हो!" कहकर राबिन्दर हंस पड़ा, "मैं चाहूं तो इसी समय उसे बिस्तरे से निकालकर कलम दे सकता हूं।"

"मैं जानती हूं। लेकिन मुझे नौकरी की ज़रूरत है।"

"धनराज से कहने से पहले मुझसे पूछना ज़रूरी न था?"

"लेकिन इसमें हर्ज ही क्या है?"

"तुम मेरे सर्कल को एक्स्प्लायट कर रही हो। तुम्हारा विचार है कि कल धनराज बड़ा बन जाएगा। वह मेरी पत्नी को नौकरी देकर अपने को ऊंचा समझने लगेगा। वह चुगद है। कांग्रेस प्रॉडक्ट। एक मसखरा है। उल्लू का पट्ठा है। एक सस्ता गधा है।"

"लेकिन वह बगुलाभगत नहीं।" तपस्या ने जलकर कहा।

"वह और बगुलाभगत!" राबिन्दर हंस दिया, "इन लाखों रुपयों के विपरीत वह अपना अस्तित्व जानता है। वह जानता है यह रुपया कैसे और कहां से लाया था। उसको यह रुपये प्राप्त करने की खातिर निज को बेचना पड़ा था। और जो इन्सान बिक सकता है वह बगुलाभगत नहीं हो सकता। ऐसा बनने के लिए अहं, गर्व और स्वाभिमान आवश्यक है और यह गुण धनराज जैसे लोगों में कहां?"

"फिर आप उसे फोन कर रहे हो!" तपस्या सहम गई थी।

"घबराओ नहीं मैडम! मैं उस चुगद को फोन नहीं करूंगा। मैं ऐसे नये बने अमीरों की औकात जानता हूं। मैं इन्हें फोन नहीं किया करता, बल्कि जब इनका फोन आता है तो मेरी सेक्रेटरी संदेश रिसीव करती है। लेकिन मैं तुमपर यह सिद्ध करना चाहता था कि इस मसखरे की जुर्रत कैसे हुई कि मुझसे पूछे बिना तुम्हें नौकरी दे दी।"

"मैं कह चुकी हूं कि वह आपसे डरता है। वह तो आपकी अनुमति चाहता है। लेकिन मैंने मना कर दिया था।"

"और भविष्य में ऐसे लोगों को मना किया करो। मुझे नहीं।"

तपस्या चुप हो गई। वह जानती थी कि वह राबिन्दर को हरा न सकती थी। धनराज उसे नौकरी देकर भी उससे ऊंचा नहीं हो सकता था। जब भी राबिन्दर से उसका सामना होगा वह एक पालतू जानवर की भांति दुम हिला रहा होगा। यह सत्य था। और तपस्या इस सत्य को झुठला न सकती थी। राबिन्दर एक आतंक

था। लोग उससे भयभीत थे। वह कभी इस बददिमाग पुरुष को पराजित न कर सकती थी। लेकिन वह झुक भी न सकती थी।

घड़ी की सुइयां छः बजा रही थीं।

दफ्तर साढ़े पांच बजे बन्द हो गया था। सारा स्टाफ चला गया था लेकिन तपस्या अपनी जगह बैठी थी।

केबिन में धनराज के पास दो आदमी बैठे थे और कारोबारी बातें हो रही थीं। सवा छः बजे धनराज इन व्यक्तियों के साथ केबिन से बाहर निकला और तपस्या को दफ्तर में बैठा देखकर चौंक पड़ा। उसने उन दो आदमियों से हाथ मिलाया और वह चले गए।

"मिसेज़ रोबिन, आप गईं नहीं।"

"यों ही।"

"क्या प्रोग्राम है आपका?"

"आपका क्या प्रोग्राम है?"

"कोई खास नहीं। अकेला हूं। घर जाकर क्या करूंगा। यहां से क्लब जाऊंगा। दस वहां बजाऊंगा, फिर घर।"

"मैं फ्री हूं। आप मुझे डिनर की दावत दे दीजिए!"

"अहोभाग्य! यह मेरा सौभाग्य है।" धनराज ने खुश होकर कहा।

"कहां डिनर खाएंगी?"

"यह आठ बजे सोचेंगे।"

"फिर अब क्या प्रोग्राम है?"

"बाज़ार में घूमेंगे। अगर आपको आपत्ति न हो।"

"आपत्ति और मुझे! यह तो मेरा सौभाग्य है। मैं अभी चपरासी को हुक्म देता हूं कि वह दफ्तर बंद कर दे।"

दफ्तर बन्द कर दिया गया। वह बाहर निकले तो कार के पास पहुंचे। धनराज ने तेज़ी से बढ़कर कार का दरवाज़ा खोल दिया। तपस्या अन्दर जा बैठी। वह मन ही मन मुस्करा रही थी। धनराज फर्म का मालिक था और वह उसके यहां चार सौ रुपये मासिक पर नौकर थी, लेकिन धनराज उसके लिए कार का दरवाज़ा खोलता था।

धनराज स्टीयरिंग पर बैठ गया।

"कहां?"

"बाज़ार।"

"जो हुक्म। मैं तो आपका ड्राइवर हूं।"

उन्होंने कार पार्क की और उतरकर शो-केस देखने लगे।

ज्यूलर की दुकान के आगे तपस्या रुक गई। शो-केस में विभिन्न गहने थे और एक जड़ाऊ नेकलेस था।

"मिस्टर राज! यह पत्थर कौन-से हैं?"

"मैं जानता नहीं, लेकिन हरे रंग के पत्थर जमुरद के होंगे।"

"आपके विचार में इसकी क्या कीमत होगी?"

"मेरे ख्याल की चिंता न करें। अन्दर चलकर दुकानदार से पूछ लेते हैं।" धनराज ने प्रफुल्लता-भरे स्वर में कहा।

"लेकिन मैं इसे खरीदना नहीं चाहती?"

"यदि आपको पसंद है तो मैं उपहार के तौर पर पेश कर सकता हूं, बशर्ते कि आप बुरा न मानें।"

"बुरा! मैं क्यों बुरा मानूंगी!"

"तो अन्दर चलिए।"

वह अन्दर चले गए। सेल्ज़मैन को धनराज ने रोब में कहा कि वह जड़ाऊ नेकलेस दिखाए।

नेकलेस आ गया। तपस्या ने उठकर उसे गले में पहनकर आईने में देखा। धनराज उसके पीछे खड़ा था।

"कैसा लगता है?"

"बहुत खूब!" धनराज ने कहा।

सेल्ज़मैन ने तारीफ के पुल बांधने शुरू किए।

"क्या कीमत है?" धनराज ने सवाल किया।

"बाइस सौ।" सेल्ज़मैन ने उत्तर दिया।

"ओह, नो, टू मच।" कहकर तपस्या नेकलेस उतारने लगी।

"मिसेज़ रोबिन, इसे उतारिए नहीं। यह अपनी जगह पर पहुंच गया है और इसे वहीं रहने दीजिए।" कहते-कहते धनराज ने जेब से पर्स निकाला और नोट गिनने लगा।

पांच मिनट बाद वह बाहर थे।

"मिस्टर राज, यह तो हमने पूछा ही नहीं कि पत्थर असली है या नकली?"

"मिसेज़ राबिन, इतनी बड़ी दुकान है। भला यह लोग नकली क्यों बनाने लगे!" धनराज ने साथ चलते हुए कहा।

"ओह!" तपस्या नि:स्तब्ध रह गई। राबिन्दर ने ठीक कहा था कि धनराज जैसे लोगों के पास दौलत है। और इस दौलत से जो खरीदते हैं वह नहीं जानते थे कि वह असली है या नकली। इन्हें केवल इतना पता है कि बड़ी दुकान से चीज़ खरीदी गई है। वह बड़ी दुकानों की दया पर निर्भर हैं।

"चाय नहीं?" रेस्टोरेंट को देखकर धनराज के कदम रुक गए।

"जैसा आप उचित समझें।"

धनराज ने आगे बढ़कर दरवाज़ा खोला और तपस्या अन्दर चली गई। धनराज उसके पीछे-पीछे था।

मेज़ तपस्या ने चुना। वेटर आया तो धनराज ने मीनू सरका दिया।

"आपकी पसन्द।"

और तपस्या ने अपनी पसन्द का आर्डर दे दिया।

"यह हार आपके गले में खूब जंच रहा है।" धनराज ने उसे घूरते हुए कहा।

"मैं जानती हैं।" तपस्या ने मुस्कराकर कहा।

"मिसेज़ रोबिन, मैं सोच रहा था..." धनराज कुछ कहते-कहते रुक गया।

"रुक क्यों गए?"

"मिस्टर रोबिन जब यह हार देखेंगे तो आप क्या कहेंगी?"

"कह दूंगी कि किसीने उपहार दिया है।"

"ओह, और वह आपत्ति न करेंगे?"

"अब हम अलग हो रहे हैं। अलग होने के बाद मैं अपनी ज़िंदगी की आप ज़िम्मेदार रहूंगी।"

"लेकिन आपने बताया था कि यदि आप शादी करेंगी तो आकाश को वह वापस ले लेंगे?"

"लेकिन मैं अभी शादी के बारे में सोच नहीं रही हूं। अभी तो अलग होने के बारे में सोच रही हूं।" तपस्या ने मुस्कराकर कहा।

"मिसेज़ रोबिन, आपको देखकर कोई नहीं कह सकता कि आप पन्द्रह वर्ष

के बेटे की मां हैं। अधिक से अधिक आप सत्ताईस वर्ष की दिखाई पड़ती हैं।"

"सच!" तपस्या ने मुस्कराकर कहा।

"बिलकुल सच।" कहकर धनराज ने उसके हाथों को अपने हाथ में ले लिया। तपस्या ने धीरे से हाथ खींच लिया।

"मिस्टर राज, आपकी शादी सफल क्यों न हो सकी?"

"शादी! वह शादी नहीं थी।"

"फिर क्या थी?"

"वह तो एक सौदा था।"

"लेकिन सौदा सफल रहा। फिर शादी क्यों न हो सकी।

"मिसेज़ रोबिन, अब क्या बताऊं, वह अव्वल दर्जे की बददिमाग थी। उच्चता का भाव उसमें कूट-कूटकर भरा था। हर बात से, हर काम में, हर जगह पर उसे यही आभास था कि वह एक मिनिस्टर की बेटी है। बात-बात में वह जताने में न झिझकती थी कि मेरा बाप मिनिस्टर है। तोते की तरह रटती रहती थी। अब आप ही सोचिए, पति तो पति होता है, वह प्यार करना चाहता है। वह अपनी पत्नी के नाज़-नखरों को उठाना चाहता है। लेकिन नखरों की जगह यदि मिनिस्टर आ जाए, नाज़ की जगह मिनिस्टर बोले, प्यार की जगह मिनिस्टर की कार का ईग सुनाया जाए तो इन्सान कहां तक सहन कर सकता है। यह ठीक है कि इस मिनिस्टर की कृपा से मुझे बहुतसे लाभ हुए थे। मैं इन्हें स्वीकार करता था। लेकिन यदि मैं प्यार की बात करता हूं तो जवाब में वह कहे कि मेरा बाप मिनिस्टर है तो इसका यह अर्थ नहीं कि पति को पत्नी से प्यार नहीं करना चाहिए। मिनिस्टर अपनी बेटी को यह तो नहीं कहता कि पति से प्यार न करो। बच्चे न जनो। स्त्री को स्त्री रहना चाहिए न कि मिनिस्टर की बेटी! ऐसी बददिमाग स्त्री से कोई पुरुष निर्वाह नहीं कर सकता। सहने की भी हद होती है। मैं उसके डैडी का कृतज्ञ था। लेकिन बराबर के अधिकार चाहता था। यदि पति-पत्नी में से एक अपने को ऊंचा समझे और दूसरे को हीन, तो शादी कैसे सफल हो सकती है!"

"आपने मेरे दिल की बात कही है।" तपस्या ने मुस्कराकर कहा।

"मैं जानता हूं। आपको भी रोबिन से यही शिकायत है।"

"हूं।"

"मैं रोबिन के विरुद्ध नहीं कहता, लेकिन रोबिन भी हददर्जा बददिमाग है।

और दूसरे को हेय समझकर खुश होता है। अब आप परसों शाम की बात लीजिए। हमारी एसोसिएशन की मीटिंग थी। मीटिंग में करोड़पती भी थे और लखपती भी। वह कभी नहीं चूकता। मुझे देखते ही बोला, 'हैलो कांग्रेस प्रॉडक्ट...' मैं जवाब में मुस्कराकर रह गया। वह बड़ा है, अधिक बुद्धिमान है, अच्छी सूझ-बूझ का मालिक है, मैं स्वीकार करता हूं; लेकिन इसका मतलब यह नहीं कि मौका-बेमौका वह ऐसा कह दे।" धनराज ने एक बच्चे की भांति शिकायत की।

"क्या यह ठीक है कि करोड़पती भी इनसे दबते हैं?"

"आप इसे दबना कह सकती हैं। सच तो यह है कि फाइनेंसियल डिस्ट्रिक्ट में करोड़पती और लखपती भी इसका सम्मान करते हैं। वह बददिमाग है लेकिन बिज़नैस के मामले में उसके जजमेण्ट का हर कोई सम्मान करता है। करोड़पती भी करते हैं। उसे बड़े सम्मान से सुनते हैं। फाइनेंस के बारे में और इंटरनेशनल फ़ाइनेंस पर वह एक अथारिटी है। आज से एक बरस बाद क्या होगा, वह जानता है। यह ठीक है कि आज भी कुछ लाख में खेल रहा है। लेकिन वह दिन दूर नहीं जब करोड़पती नहीं तो पचास लाख का आदमी ज़रूर होगा। इसकी योग्यता का मैं ही नहीं, पूरा डिस्ट्रिक्ट कायल है। करोड़पती गलत सौदे कर जाते हैं, गलत इनवैस्टमेंट कर जाते हैं, लेकिन इसने आज तक घाटे का सौदा नहीं किया। अब आप सोचती हैं कि हम इससे दबते नहीं बल्कि इसका सम्मान करते हैं। क्योंकि वह जो कहता है उसे मानने में ही हमें लाभ होता है।" धनराज ने सत्य प्रकट किया।

"और इसकी बददिमागी को कैसे सहन करते हैं?"

"वह करनी पड़ती है। स्कूल में टीचर की मार भी तो विद्यार्थी खाते हैं। टीचर दुश्मन नहीं होता, वह बेहतरी के लिए पीटता है।"

"लेकिन इतना भी क्या कि उसे खुदा बना डाला! उस दिन मैंने चर्चा की कि मैं मिस्टर धनराज की फर्म में नौकरी कर रही हूं तो आपे से बाहर हो गए। बोले, 'उसकी जुर्रत कैसे हुई जो मुझसे पूछे बिना नौकरी की भी हां कर दी!'" तपस्या ने उसे उत्तेजित करना चाहा।

"लेकिन मैं तो चाहता था कि उसे सूचित कर दूं। आपने मना कर दिया था।"

"और आपसे उन्होंने कुछ कहा?" तपस्या ने संयम से पूछा।

"जी नहीं।"

"बस, फिर आप क्यों सोचते हैं!"

"एक बात पूछूं?"

"पूछिए।"

"आपसे वह पूछेंगे नहीं कि यह हार कहां से मिला?"

"मैं अलग होने के बाद अपनी ज़िन्दगी की आप ज़िम्मेदार हूंगी।"

"अभी नहीं। अभा उत्तर दिया। या विचार है?

"क्या आपने दूसरी शादी के बारे में सोचा है?"

"अभी नहीं। अभी तो मैं इस बगुलाभगत से अलग होना चाहती हूं।" तपस्या ने उत्तर दिया।

"फिर भी आपका शादी के बारे में क्या विचार है?"

"वही जो आपका है। पति-पत्नी के बराबर के अधिकार हों। इनमें से एक अपने को दूसरे से उच्च न समझे।" तपस्या ने कहा।

"यदि बुरा न मानें तो एक बात कहूं?"

"जी।"

"यदि आप दूसरी शादी के बारे में कभी सोचें तो मुझे भी अपनी दृष्टि में रखिएगा। आप भी मेरी भांति बददिमाग की शिकार हैं। मैं एक नम्र और प्यार करने वाला पति हूं। और मुझे एक शरीफ स्त्री की आवश्यकता है। और वह आप हैं। सभ्य, सुशील और सुघड़। सूरत-शक्ल से भी भगवान ने आपको एक पूरी लेडी बनाया है। एक आम स्त्री नहीं, साधारण स्त्रियों से हटकर। आपके अन्दर आकर्षण है, एक दबदबा है, रोब है। आपका उठना-बैठना, चलना-फिरना। संक्षिप्त यह कि सब कुछ एक विशेष सभ्यता का आईना है। और आप जैसी स्त्री के हाथ में कोई भी व्यक्ति अपना जीवन सौंप सकता है। और स्वयं को संसार का सबसे महत्त्वपूर्ण इन्सान समझेगा। मुझे खेद है कि रोबिन आपकी कद्र न कर सका। शायद उसका चुनाव बहुत ऊंचा है। लेकिन मैं जानता हूं आप 'किसी भी पुरुष के जीवन में एक वृद्धि होंगी। हर पुरुष अपने जीवन की बागडोर आपके हाथ में देना पसन्द करेगा। आपके नाज़ व नखरे सहना अपना गौरव समझेगा।"

तपस्या इस प्रशंसा से पागल हो रही थी। राबिन्दर ने तो उसकी ज़िन्दगी पर ज़ंग लगा दिया था। उसे सदा ही तुच्छ और हेच समझता था और एक यह था जो इसके लिए आंखें बिछाता था। राबिन्दर बददिमागी की प्रतिमा था और धनराज नम्रता, सज्जनता और स्नेह की तस्वीर। तपस्या अनुभव कर रही थी कि उसने

राबिन्दर से शादी करके जीवन के कीमती वर्ष गंवाए थे। कुशल थी कि उसने अपने शरीर और सुन्दरता को संभालकर रखा था। इसलिए आज भी और इस उम्र में भी उसकी मांग थी। लोग उसपर निछावर होना चाहते थे। उसके कदमों में बिखरना चाहते थे।

डैडी तो पहले दिन ही इस शादी के विरुद्ध थे। यह तो वह थी जिसने विद्रोह का झंडा उठाया था। और आज वह पछता रही थी। लेकिन अभी बिगड़ा ही क्या था।

"क्या सोच रही हैं आप?"

"कुछ नहीं।" तपस्या ने चौंककर कहा।

"फिर आप वायदा करती हैं कि यदि आपने दूसरी शादी का फैसला किया तो मुझे भी आंखों में रखिएगा?"

"हां, यदि मैंने दूसरी शादी का फैसला किया तो।"

"बस, मैं यही चाहता हूं। विश्वास कीजिए कि मैं एक सर्वोतम पति सिद्ध होऊंगा। मेरे जीवन की बागडोर आपके हाथ में होगी। मैं..."

"मिस्टर राज, आपको तलाक लिए कितने वर्ष हो गए हैं?"

"चार।"

"आपके पास दौलत है। फिर दूसरी शादी मुश्किल न थी।"

"लेकिन मैं इस बार बीस-बाईस वर्ष की लड़की से शादी करना नहीं चाहता। मैं एक गंभीर औरत से शादी करना चाहता हूं जो मेरे जीवन की बागडोर संभाल सके। एक अल्हड़ लड़की नहीं, जिसकी मांग साड़ियां और सिनेमा हो। जो इससे अधिक न सोच सकती हो।"

तपस्या हैरान थी कि राबिन्दर इस व्यक्ति को मसखरा कहता था, चुगद कहता था, जबकि इसकी सोच एक गंभीर व्यक्ति की थी। लेकिन राबिन्दर तो हर आदमी को हेय समझता था।

"डिनर कहां खाएंगी?"

"अभी तो साढ़े सात बजे हैं।" तपस्या ने कलाई की घड़ी देखी, "कुछ देर घूमते हैं। फिर डिनर खाएंगे।"

"जैसा आप कहें, मैं तो आपका गुलाम हूं।"

तपस्या को उबकाई आ गई। गुलाम! राबिन्दर ने कभी ऐसा सस्ता शब्द

न प्रयोग किया था। क्या यह सत्य था कि राबिन्दर एक मर्द था! इसलिए वह बददिमाग था। यह धनराज तो मलाई की भांति था। यह अभी से गुलाम बन रहा था। जबकि वह इसकी फर्म में नौकरी कर रही थी। लेकिन मर्दों में मर्दों के गुण तो होने चाहिए। इतनी भी नम्रता और सादगी क्या!

क्या धनराज उसके लिए उपयुक्त पति था? तपस्या के दिमाग में यह प्रश्न उभरने लगा। लेकिन जल्दी की आवश्यकता न थी। समय उसके पक्ष में था। अभी तो उसे अलग होना था। फिर वह समय का लाभ उठाकर इसे पढ़ सकती थी। उसने शादी का वायदा तो न कर डाला था। केवल इस विषय पर विचार-परिवर्तन ही तो किया था। अभी वह अलग न हुए थे। और शादी की पहली मांग थी। जैसे ही वह अलग होगी तो न मालम कौन-कौन उसके सम्मुख विवाह का प्रस्ताव रखेगा। इस बार वह जल्दी में शादी न करेगी, बल्कि इन्तज़ार करेगी।

लेकिन उसके गले में जमुरद का हार कैसे था। इसने यह उपहार क्यों स्वीकार किया था। धनराज का हक था कि यह उपहार देने के बाद इस आशा को कायम रखे कि एक दिन तपस्या उसके साथ शादी कर लेगी। आखिर तपस्या ने उपहार न मांगा था। धनराज ने आप ही खरीदा था।

धनराज कह रहा था, "मेरे पास दौलत है, लेकिन मैं जानता हूं, मेरी आय का साधन स्थायी नहीं—यह कोटा-परमिट सदा नहीं रहेंगे। जैसे ही कांग्रेस की सरकार खत्म होगी, यह कोटा और परमिट की आय बन्द हो जाएगी। मैं कोई ऐसा काम शुरू करना चाहता हूं जो कई पुश्तों तक चले। जो स्थायी हो। और इसके लिए मुझे एक समझदार और योग्य पत्नी की आवश्यकता है, कालेज से निकली हुई छोकरी की नहीं। मैं इस अकेले जीवन से तंग आ गया हूं। अब मैं चाहता हूं कि सेटल हो जाऊं। आपका क्या विचार है?" धनराज ने सवाल किया।

"आप ठीक कह रहे हैं। इस आयु में आप यदि कालेज से निकली हुई छोकरी से शादी करते हैं तो वह सहयोग न देगी और न सहायक सिद्ध होगी; बल्कि वह एक लायबिलिटी होगी। उसके पास ज़िंदगी का अनुभव न होगा बल्कि केवल ओछे भाव होंगे।"

"बिल्कुल, बिल्कुल। शत प्रतिशत ठीक। बस मैं यही चाहता हूं कि आप सेटल हो जाएं। मुझे लड़की नहीं, स्त्री की ज़रूरत है।"

तपस्या ने सोचा, तुम्हारी पहली पत्नी भी लड़की होते हुए औरत थी। तुम्हारी

सोच नई नहीं।

"मिसेज़ रोबिन, मेरी कोठी पांच सौ गज़ पर बनी है। आप किसी दिन आइए न।"

"अभी तो..."

"हां, हां। ऐसी जल्दी नहीं। लेकिन मेरे कहने का अभिप्राय था कि मैं वह कोठी अपनी होने वाली पत्नी के नाम कर दूंगा; वह तो इस समय सवा लाख के लगभग की होगी। लेकिन आप जानती हैं इस शहर में जायदाद की कीमत बढ़ती जा रही है।"

"मैं जानती हूं।" तपस्या ने बात काटी।

"फिर डिनर का क्या सोचा?" धनराज ने चलते-चलते कहा। "हां, समय हो गया है, 'अलमराको' ठीक रहेगा।"

वह अलमराको में चले गए। खाने का आर्डर भी तपस्या ने अपनी इच्छा से दिया।

"मिसेज़ रोबिन, हाऊ आर यू?"

सामने साहनी खड़ा था।

"हलो मिस्टर साहनी!"

"मिस्टर रोबिन दिखाई नहीं दे रहे!"

"मिसेज़ राबिन मेरे साथ डिनर खा रही हैं।" धनराज ने कहा।

"ओह! एन्ज्वाय प्लीज़।" कहकर वह आगे बढ़ गया।

तपस्या को अपनी त्रुटि का आभास देर में हुआ। अलमराको बढ़िया रेस्तरां था और यहां फाइनेंशियल डिस्ट्रिक्ट के लोग अक्सर आया करते थे। अब यह रहस्य रहस्य न रहेगा।

"मेरा विचार है, कल यह बात आम होगी।"

"कौन-सी?"

"कि मैं आपके साथ डिनर खा रही थी।"

"लेकिन फाइनेंशियल डिस्ट्रिक्ट में यह बात आम हो चुकी है कि आप मेरे यहां नौकरी कर रही हैं।" धनराज ने कहा, "क्या आप डरती हैं कि मिस्टर रोबिन बुरा मानेंगे?"

"ऐसी बात नहीं। लेकिन अभी पर्दा ही रहता तो बुरा न था। मैंने यहां आकर गलती की है।"

"अपराधी मैं हूं। मैं आपको यहां लाया हूं।"

"लेकिन चुनाव तो मेरा था!"

"खैर, यह नई बात नहीं।" धनराज यद्यपि स्वयं परेशान था। "हर फर्म का मालिक अपने सेक्रेटरी या दफ्तर के स्टाफ के साथ डिनर खाता है और कभी कोई नोटिस नहीं लेता।"

"लेकिन मैं केवल स्टाफ-मेम्बर नहीं, बल्कि मिसेज़ रोबिन भी हूं।"

"कुछ दिन और।" धनराज ने हंसकर कहा।

साहनी सीधा फोन-बूथ पर पहुंचा और उसने राबिन्दर के घर का नम्बर मिलाया।

"रोबिन।"

"येस।"

"मैं साहनी बोल रहा हूं।"

"हैलो साहनी।"

"भाई, तुम घर में क्या कर रहे हो?"

"क्यों? अभी-अभी क्लब से लौटा हूं।"

"मिसेज़ रोबिन कहां हैं?"

"शायद अभी दफ्तर से नहीं लौटी।"

"ओह! यही मैं सोच रहा था। वह धनराज के साथ अलमराको में डिनर खा रही है।"

"वह उसका बॉस है। क्या केवल यह बताने की खातिर तुमने फोन किया था?"

"नहीं, मैं कल मिलना चाहता हूं। मुझे समय दीजिए।"

"लेकिन समय तो मेरी सेक्रेटरी देती है। फिर भी यदि बहुत ज़रूरी मामला है तो साढ़े दस बजे आ जाओ। मैं इसी समय की अप्वाइंटमेंट लेकर दो मिनट के लिए हाज़िरी दूंगा।"

"बेहतर, गुडनाइट।"

"गुडनाइट।"

फोन बंद हो गया।

बातें पर लगाकर उड़ती हैं। और राबिन्दर की बातें। लोग तो मालम नहीं

कब से उधार खाए बैठे थे। वह तो इसी दिन की प्रतीक्षा में थे कि राबिन्दर भी तमाशा बने। वह हर व्यक्ति को नीचा दिखाना चाहता था। अब उसे नीचा बनना पड़ेगा। साहनी कल तक सारे डिस्ट्रिक्ट में यह खबर फैला देगा।

धनराज ने कार कोठी के पास रोकी।

"अन्दर नहीं आइएगा?"

"नहीं, अब नहीं। लेट हो रहा हूं।"

"लेट हो रहे हैं या रोबिन से डरते हैं?" तपस्या ने हंसकर कहा।

"डरता तो नहीं हूं। इज़्ज़त करता हूं।"

"इज़्ज़त!" तपस्या ने मुंह बिगाड़कर कहा, "लोग कुछ ज़रूरत से ज़्यादा ही उनका सम्मान करते हैं। अच्छा।" कहकर वह कार से नीचे उतर गई।

"इस इवनिंग के लिए धन्यवाद। गुडनाइट।"

"मिसेज़ रोबिन!"

"येस।"

"मेरी मानिए। यह हार गले से उतारकर बैग में डाल लीजिए।"

"सम्मान की खातिर?" तपस्या ने हंसकर कहा, "मैं इस तरह के सम्मान की कायल नहीं हूं। सम्मान दिल से किया जाता है, दिखावे के तौर पर नहीं।"

"गुडनाइट।" धनराज ने कहा और कार स्टार्ट कर दी।

तपस्या घर में दाखिल हुई। उसने रसोईघर में झांका। नौकर खाना बना रहा था।

"बच्चों ने खाना खा लिया?"

"जी मेम साहब।"

"और साहब ने?"

"अभी नहीं।"

उसने बच्चों के बेडरूम में झांका। "हलो आकाश!"

"हलो ममी, आज आपने बड़ी देर कर दी।"

"मैं डिनर पर चली गई थी।"

"ओह!"

"धरती कब सोई?"

"आपको याद कर रही थी। आधा घंटा हुआ, सोई है।"

"तुम कब तक पढ़ रहे हो?"

"बस। सोने ही लगा था।" आकाश ने किताब बन्द करते हुए कहा।

"गुडनाइट सन।"

"गुडनाइट ममी।"

तपस्या ने अपने बेडरूम में झांका। वह खाली था। वह ड्राइंगरूम में चली गई। राबिन्दर के आगे गिलास पड़ा था।

"हैलो!" तपस्या ने अन्दर दाखिल होकर कहा।

"हैलो!"

"आप कब आए?"

"अभी पन्द्रह मिनट गुज़रे!"

"क्लब गए थे?"

"हां।"

"फिर जल्दी क्यों लौट आए?"

"मैं जल्दी लौट आया या तुम देर से आ रही हो?"

"मुझे डिनर की दावत थी।"

"धनराज की ओर से?"

"जी हां।"

"कैसी रही दावत? और कौन-कौन था?"

"केवल में और धनराज।"

"खूब! तो तुमने धनराज से डेट करना शुरू कर दिया है!"

"क्या आप पसन्द नहीं करते?"

"मेरी पसन्द या नापसन्द का सवाल ही कहां है? 30 जनवरी में केवल अठारह दिन हैं।"

"मैं जानती हूं।"

"और तुमने अभी से समझ लिया कि 30 जनवरी गुज़र गई है?"

"मैं समझी नहीं।"

"कानून की निगाह में अभी तुम मेरी पत्नी हो। अभी तुम्हें मेरी अनुमति चाहिए!"

"पत्नी!" तपस्या गुर्राकर बोली, "और आप पिछले दो वर्षों से मुझे किसी

आर नाम से पुकारते रहे। क्या वह नाम अब पसंद नहीं रहा? या मेरा दर्जा फिर बदल गया है?"

"तुम्हारा दर्जा आज भी वही है। मैं आज भी तुम्हें रखैल समझता हूं।"

"आकाश अभी जाग रहा है।"

"ओह!" कहकर राबिन्दर ने गहरा सांस लिया। "तुम्हारे आने-जाने पर अभी पाबंदी कायम है।"

"लेकिन धनराज मेरा बॉस है। मैं इन्कार नहीं कर सकती थी।"

"इन्कार न कर सकती थीं या करना उचित न समझा।"

"यदि आप झगड़ा करने के मूड में हैं तो मैं इसके लिए तैयार नहीं—मैंने अरसे के बाद एक शाम हंसते हुए गुज़ारी है। मैं नहीं चाहती कि आप इसे अब नष्ट कर डालें।" तपस्या ने कहा।

"और मैं अरसे के बाद तुम्हारे शरीर पर नया गहना देख रही हूं।"

"यह मेरे पॉकेटमनी से खरीदा गया है।"

"मैं नहीं जानता था कि तुम्हारा बैंक बैलेंस इतना बड़ा है। और तुम सेविंग एकाउंट से एक दिन में दो-तीन हज़ार रुपया निकलवा सकती हो। यह बैंक ने सेविंग्ज़ से ऐसी पाबन्दी कब से हटा ली है?"

तपस्या संभल गई। राबिन्दर को धोखा देना सरल न था। वह एक इंटलीजेंस अफसर से अधिक चतुर था।

"एक हज़ार पिछले सप्ताह निकलवाया था। एक हज़ार आज।" तपस्या ने सफाई पेश करना चाही।

"और यदि मैं पासबुक देखना चाहूं तो उत्तर मिलेगा कि बैंक में गई है! ..."

"उत्तर क्या होगा, यह सच है।"

"और मैं इस सत्य को स्वीकार करता हूं, मैडम तपस्या! मैं चाहूं तो प्राइवेट डिटैक्टिव की सेवाएं प्राप्त कर सकता हूं। लेकिन ऐसा न करूंगा। केवल तुम एक बात को झुठला रही हो।"

"क्या?"

"मेरी रेपुटेशन बहुत है। और मैं इसे बचाने की खातिर तुम्हें पचास हज़ार की रकम देने से इन्कार कर सकता हूं।"

"आपका मतलब है कि मुझे अलग होने के बाद एक पत्नी की तरह शेष

जीवन व्यतीत करना होगा?"

"नहीं। तुम्हें एक नेक स्त्री की भांति दूसरी शादी की अनुमति होगी। लेकिन फ्लर्टेशन की नहीं!"

"मैं फ्लर्ट कर रही हूं?"

"धनराज के साथ डाईन करना फ्लर्टेशन नहीं तो और क्या है?"

"वह मेरा बॉस है।"

"और मैं अभी पति हूं।"

"अठारह दिन और।" तपस्या ने बल खाकर कहा, "अभी-अभी तो आपने मुझे याद दिलाया था!"

"मैडम! मैं ऐसे हमलों से डरता नहीं। यह ओछे हमले हैं और तुम मुझे ब्लैकमेल नहीं कर सकतीं। न ही मुझे नीचा दिखा सकती हो।"

"आपके कहने के अन्दाज़ से तो यही प्रकट होता है कि आप स्वयं को नीचा समझने लगे हैं।" तपस्या ने दुखती रग पकड़ी।

"खैर, यह आने वाले अठारह दिन बताएंगे कि मैं तुम्हें क्या-कुछ देकर अलग हो रहा हूं!"

"आप धमकी दे रहे हैं?"

"मैं तुम्हें तुम्हारा कर्तव्य बता रहा हूं।"

"धन्यवाद।"

"धन्यवाद किस बात का! तुम्हें अभी हर कदम फूंक-फूंककर रखना है। वरना मैं..." राबिन्दर उत्तेजित होकर कुछ कहने लगा था कि एकदम रुक गया।

"वरना मैं अलग होने की तिथि बदल दूंगा। यही न?" तपस्या ने बात पूरी की।

"नहीं! वह अब कभी न बदली जाएगी। वह फैसला जोश और उत्तेजना में न हुआ था।"

"फिर आपकी परेशानी की वजह क्या है?"

"मैं अपने लिए नहीं, तुम्हारे लिए परेशान हूं।"

"केवल अठारह दिन के लिए! इसके बाद तो मैं अपने जीवन की स्वयं मालिक हूंगी।"

"अठारह दिन में बहुत कुछ हो सकता है।"

"फिर वही धमकी!"

"यह धमकी नहीं है। यह इशारा है कि यदि तुमने गलत कदम उठाया तो मैं अपने फैसले पर दुबारा नज़र फेर सकता हूं।"

तपस्या चुप रही। उसकी सूझ में डैडी ने ठीक कहा था कि जैसे ही वह फ्लर्टेशन करेगी, राबिन्दर के अन्दर ईर्ष्या पैदा हो जाएगी। उसे पता चल जाएगा कि तपस्या एक पिटा हुआ मुहरा नहीं बल्कि उसकी आज भी मांग है। इस विचार से वह बेहतर शर्तों पर समझौता करेगा। तपस्या को फेलियर और तुच्छ न जानेगा बल्कि बराबर की हकदार समझेगा। और यही हुआ था। राबिन्दर झल्लाया हुआ था। लेकिन वह अपनी झल्लाहट पर काबू पाकर अपने को उच्च सिद्ध करना चाहता था। यद्यपि ऊंचे होने की अब कोई वजह न थी।

जो लोग राबिन्दर से दबते थे, अब जानते थे कि इसकी पत्नी सिर्फ चार सौ रुपये मासिक पर नौकरी कर रही है। अब यह रहस्य घर की चारदीवारी से निकलकर फैल रहा था कि वह अलग होने वाले थे। और लोग जो पहले से ही राबिन्दर से चिढ़ते थे इस ताक में थे कि उन्हें कब अवसर मिले कि वह राबिन्दर को नीचा दिखा सकें! अब इनके लिए तपस्या ने अवसर देने शुरू कर दिए थे। एक लखपती और बददिमाग व्यक्ति की पत्नी चार सौ रुपये मासिक वेतन पर नौकरी कर रही थी। लोगों ने बातों को वह हवा दी थी कि बातें रंगीन हो गई थीं।

"चार सौ रुपये मासिक की नौकरी! इसका मतलब है रोबिन इसे पॉकेटमनी भी नहीं दे रहा है!"

"लेकिन इतने वर्ष बाद भी मिसेज़ रोबिन का बैंक बैलेंस न बन सका! यदि कुछ मास रोबिन इसे पॉकेटमनी न दे सका तो बैंक से निकलवाकर निर्वाह कर लेती!"

"लेकिन रोबिन जैसे बददिमाग के साथ तपस्या ही थी जिसने इतने वर्ष गुज़ारे हैं।"

"लेकिन याद रखो कि रोबिन में बददिमागी के अतिरिक्त एक गौरव है। वह एक कांग्रेस प्रॉडक्ट नहीं।"

"लेकिन दौलत तो इसने भी अभी-अभी कमाई है।"

"वह ठीक है। लेकिन इसके पूर्वजों के पास भी काफी धन था। इसके वंश का एक इतिहास है।"

अस्सी प्रतिशत लोग तपस्या को निर्दोष और राबिन्दर को दोषी समझते थे। राबिन्दर तक भी यह बातें पहुंच चुकी थीं। उसके भीतर एक लावा उबल रहा

था। किसी भी समय वह फट सकता था। अंत में तपस्या इसकी इज़्ज़त, शोहरत, पोज़ीशन और संतान से खेल रही थी।

तपस्या जाने की तैयारी कर रही थी कि केबिन पर फोन की घंटी बज उठी। दूसरे क्षण धनराज केबिन से बाहर था।

"मिसेज़ रोबिन, तुम्हारा फोन।"

"जी!" कहकर तपस्या उठी और केबिन के अन्दर चली गई। उसने रिसीवर उठाया, "मिसेज़ रोबिन! मिसेज़ रोबिन, मैं मिसेज़ चावला हूं।"

"ओह, हलो! तुम कहां से उजागर हो गई हो? मैंने सुना था कि तुम शहर से बाहर हो!"

"हां, मैं बम्बई से कल ही आई हूं!"

"फिर, कब मिल रही हो?"

"अभी और इसी समय।" मिसेज़ चावला ने कहा, "मैंने तुम्हारे बारे में सब कुछ सुना है। और मैं तुमसे सब कुछ सुनना चाहती हूं।"

"इस समय कहां से बोल रही हो?"

"घर से।"

"फिर कहां मिलना पसंद करोगी?"

"किसी रेस्टोरेंट में।"

"तो तुम घर से चल पड़ो। कार है तुम्हारे पास?"

"नहीं! मैं टैक्सी ले लूंगी।"

"ठीक है, मैं जा ही रही थी कि तुम्हारा फोन आ गया। खैर, तुम कैपरी रेस्तरां में पहुंची। जो पहले पहुंचे वह दूसरे की प्रतीक्षा करेगा।" तपस्या ने हंसकर कहा।

"बेहतर।" कहकर मिसेज़ चावला ने फोन बन्द कर दिया।

तपस्या ने भी फोन रख दिया।

"कौन थी?" धनराज ने प्रश्न किया।

"एक मित्र।"

"तो आज शाम उसके साथ बिता रही हो?"

"जी हां।"

"ख़ैर, कोई बात नहीं। आज 28 तारीख है। आज, कल, परसों और फिर..."

"गुड बाई, लव मैरिज।" तपस्या ने हंसकर कहा।

"मैं शादी टने की खुशी में एक ग्रैंड पार्टी देना चाहता हूं। कौन-सा रेस्तरां पसंद करोगी?" धनराज ने मुस्कराकर कहा।

"अभी तीन दिन शेष हैं।"

"क्यों? क्या इन तीन दिनों में फैसला बदला जा सकता है?"

"मैं तो तैयार हूं। लेकिन आप जानते हैं, हमारा समझौता परस्पर हुआ है। यदि दूसरी पार्टी इरादा या फैसला बदल दे तो मैं भी विवश हो जाऊंगी।"

"क्या ऐसा शक है?"

"अभी तक तो नहीं, दोनों फैसले पर दृढ़ हैं।"

"खूब। भगवान करे 31 तक वह दृढ़ रहे।"

"अच्छा, अब आज्ञा दीजिए। गुडनाइट।"

"गुडनाइट मिसेज़ रोबिन।"

तपस्या दफ्तर से निकली। कैपरी दूर न था। लेकिन उसने बाहर निकलकर टैक्सी ले ली। कहीं मिसेज़ चावला को प्रतीक्षा का कष्ट न उठाना पड़े।

लेकिन मिसेज़ चावला उसके पहुंचने के दस मिनट बाद पहुंची।

"हलो!" तपस्या ने खड़ी होकर हाथ मिलाया।

"हलो डार्लिंग!" मिसेज़ चावला ने कहा, "मैंने ठीक सुना था?"

"क्या?" तपस्या मुस्कराकर बोली, "पहले बैठ जाओ।"

"तुम्हें जल्दी तो नहीं?"

"मैं तुम्हारे साथ डिनर खा सकती हूं।" तपस्या ने मुस्कराकर कहा।

"ओह! फिर तो मज़ा आ जाएगा। हमारे पास तीन घंटे हैं। हम जी भरकर बातें कर सकती हैं।"

वह दोनों आराम से बैठ गईं। इस पॉश रेस्तरां में शोर और हंगामा न था। केवल ऊंचे वर्ग के लोग यहां आते थे। मध्यम श्रेणी के रेस्तरां की भांति यह मछली मार्केट न थी।

तपस्या मुस्करा रही थी।

"मुस्करा क्यों रही हो?" मिसेज़ चावला ने प्रश्न किया।

"तुम बम्बई से नई चमक लाई हो।"

"मेरी बात छोड़ो। मैं तो एक डल सब्जैक्ट हूं। वह तुम हो जो अखबार की सुर्खी बनी हुई हो। कसम से, वर्षों में अब तक मैं जहां भी गई—क्लब—फ्रेण्ड्ज़—हर जगह तुम्हारी चर्चा है, तुम्हारा नाम लोगों की जिह्वा पर है। लोग प्राइम मिनिस्टर के विषय में बातें नहीं करते, मिसेज़ रोबिन, मिसेज़ रोबिन हो रही है।"

"ऐसा!"

"बिलकुल सच।"

"और क्या सुना है तुमने?"

"सबसे पहले तो यह स्वीकार करती हूं कि मैंने जो सुना है वह ठीक निकला।"

"क्या?"

"कि तुम चमक रही हो। पहले तुम सत्ताईस बरस की दिखाई पड़ती थीं, और धनराज की संगत ने तुम्हें चौबीस वर्ष की बना डाला है। सचमुच रोबिन ने तुम्हारे सौन्दर्य को ग्रहण लगा रखा था।"

"ओह!" तपस्या ने मुस्कराकर कहा।

"हां, अब सुनाओ, मेरी अनुपस्थिति में क्या कुछ हुआ?"

"सबसे पहले मैंने नौकरी कर ली।"

"धनराज के पास?"

"हां।"

"फिर?"

"धनराज की पहली शादी असफल थी। इसके पास दौलत है। वह स्त्री की कद्र कर सकता है।"

"सुना है, उसने तुम्हें डायमंड का नेकलेस दिया है?"

"ओह, नो। जमुरद का है।"

"खूब, कितनी कीमत का होगा?"

"बाईस सौ। मैं तो हैरान हो गई हूं उसकी जुर्रत पर। मुझे नौकरी करते हुए छठा दिन था। और उसने उपहार खरीदकर भेंट कर दिया। और उसी दिन शादी का प्रस्ताव भी रख दिया।"

"वंडरफूल..." मिसेज़ चावला ने चमककर कहा, "पहली पत्नी से बच्चे तो नहीं हैं?"

"नहीं।"

"यह अच्छा है। कोई ज़िम्मेदारी न होगी।"

"वह मेरे इशारों पर नाच रहा है। अभी मैं आने लगी तो कहने लगा, 'केवल तीन दिन शेष हैं। शादी टूटने की खुशी में बताओ कहां पार्टी दूं!'" तपस्या ने बताया।

"यह बात है! इसका मतलब है तुमने समय नहीं खोया। शादी टूटने से पहले ही दूसरी शादी का प्रस्ताव आ गया है। लेकिन मिसेज़ रोबिन !" मिसेज़ चावला कहते-कहते रुक गई।

"रुक क्यों गई हो?"

"यूं ही। जैसे ही मुंह से रोबिन निकला तो कुछ अजीब लगा। यह शब्द अब पुराना हो गया है। अब तो मिसेज़ कुछ और कहने को जी चाहता है। देखो वह दिन कब आता है। खैर, मैं पूछ रही थी, इतनी तेज़ी से यह सब कुछ कैसे हो गया?"

"डैडी।"

"डैडी आए थे?"

"हां।"

"इसका मतलब है उन्हें पता चल गया था।"

"नहीं, वह तो किसी और काम से आए थे। मेरे छोटे भाई चन्दर ने दुर्भाग्य से एम० ए० थर्ड क्लास कर लिया। वह एक बरस से बेकार था। वह उसीकी नौकरी के सिलसिले में आए थे।"

"रोबिन के यहां?"

"हां। और मैंने न केवल अस्वीकार कर दिया बल्कि कह दिया कि मैं इस बगुलाभगत के पास नौकरी न करने दूंगी।"

"ठीक किया।"

"फिर बातों-बातों में वह तह तक पहुंच गए और मैंने स्वीकार कर लिया कि हम अलग हो रहे हैं।"

"खूब! फिर क्या हुआ?" मिसेज़ चावला ने उत्सुक होकर पूछा।

"उन्होंने कहा, 'तुम फ्लर्टेशन शुरू कर दो।' यह उनकी सलाह थी। उन्होंने कहा, 'रोबिन ईर्ष्या की आग में जलने लगेगा।'"

"ईर्ष्या की आग में! मिसेज़ रोबिन, तुमने उसकी बगुलाभगती का दिवाला निकाल दिया है। उसको उल्लू बना दिया है। यही नहीं बल्कि उसकी रेपुटेशन को समाप्त कर दिया है और ऐसा किया है कि अब वह बरसों तक उसे दुबारा

नहीं बना सकेगा। वह आज तक हर इन्सान को तुच्छ बनाता आया है। आज वह विवाद का विषय ही नहीं, बल्कि तमाशा बना हुआ है। कभी-कभी ऐसा भी हो जाता है। और विश्वास करो, रोबिन डिज़र्व करता है।"

"खैर, अब केवल तीन दिन और हैं।"

"लेकिन वह उसे सहन कैसे कर रहा है?"

"सहन! प्रकट में तो वह लापरवाह दिखाई पड़ता है। लेकिन मैं जानती हूं ईर्ष्या की आग में जल रहा है। उसके स्वप्न में भी नहीं था कि शादी टूटने से पहले ही मुझे ऑफर आ जाएगी।"

"उसने पूछा नहीं?"

"उस दिन मैं वह नेकलेस पहनकर घर चली गई। पूछने लगा, 'कहां से लिया?' मैंने जवाब दिया, 'पॉकेटमनी से खरीदा है।' कहने लगा, 'यदि मैं तुम्हारी पासबुक मंगाऊं तो तुम कह दोगी कि बैंक में पड़ी है।' मैंने कहा 'यह सच है।'"

"फिर उसने पता लगाया?"

"नहीं, मेरा विचार है वह समझ गया कि मुझे वह उपहार में मिला है। फिर दूसरे दिन यह बात पूरे फाइनेंशियल डिस्ट्रिक्ट में थी। उसे पता लगाने की ज़रूरत न रही थी कि नेकलेस कहां से आया है।"

"क्या कहा करता था। रखैल! बाई गॉड! ऐसे व्यक्ति के साथ ऐसा ही होना चाहिए। शेष तो वह डिज़र्व करता है।" मिसेज़ चावला ने खुश होकर कहा, "ऐसे घमंडी व्यक्ति का घमंड इसी तरह टूट सकता है। अब वह आकाश से धरती पर आया होगा?"

"दिखाई तो ऐसा ही देता है। वह यह सब कुछ चुपचाप सहन कर रहा है। यद्यपि डैडी का विचार था कि वह ईर्ष्या से आगबबूला हो जाएगा। वह मुझपर बरसेगा। मुझपर पाबन्दियां लगाएगा और अलग होने के निर्णय को भंग कर देगा। लेकिन वह इस अपमान को चुपचाप सहन कर रहा है। जैसे वह भी दिन गिन रहा है और व्यग्रता से 31 जनवरी की प्रतीक्षा में है।" तपस्या एकदम गंभीर हो गई।

"क्या बात है? कहते-कहते तुम्हारा चेहरा क्यों उतर गया है? क्या तुम समझती हो कि उसने भी दूसरी शादी की तैयारी कर ली है।"

"यदि कोई मेरे सम्मुख प्रस्ताव रख सकता है तो उसके सामने नहीं हो सकता?" तपस्या ने बुझे दिल से कहा।

"लेकिन तुम परेशान क्यों हो गई हो? तुम्हारा चेहरा क्यों मुर्झा गया है? करने दो उसको दूसरी शादी। मैं जानती हूं, उसकी दूसरी शादी भी असफल सिद्ध होगी और अच्छे घर की कोई लड़की तो शादी करेगी नहीं। अब इसकी रेपुटेशन समाप्त हो गई है।"

"लेकिन मिसेज चावला, रोबिन की कुछ बातें ठोस और सत्य होती हैं।"

"अर्थात्?"

"वह कहा करता है कि धनराज कांग्रेस प्रॉडक्ट है। कोटा, परमिट की प्रॉडक्ट—जो दौलत तो कमा सकते हैं लेकिन यह नहीं जानते कि उसे खर्च किस तरह करना है।"

"दौलत दौलत है। नाज़-नखरे उठाने वाला पति मिले और साथ हो दौलत तो इससे बेहतर जीवन नहीं! नहीं तो तुम घुट-घुटकर मर जाओगी। तुम्हारी ज़िन्दगी पर जंग लग चुका है। धनराज ने वह ज़ंग उतार दिया है। मैंने यह परिवर्तन देखकर खुशी प्राप्त की है।" मिसेज़ चावला ने मुस्कराकर कहा।

"मैं जानती हूं, रोबिन बददिमाग और गर्वीला है। लेकिन वह सच्चा है। उसके वंश का एक इतिहास है। एक नाम है जिसे वह गर्व से बताता है। लेकिन धनराज इन गुणों से वंचित है। वह कोई बात गर्व से नहीं कह सकता। क्योंकि उसके पास बताने के लिए कुछ है ही नहीं। यह मिनिस्टर, वह एम० पी०, यह कोटा, वह परमिट और इन्हें प्राप्त करने के लिए वह चमचागीरी के सिवा कुछ नहीं जानता।"

"यह तो खुशी की बात है। वह कल तुम्हारी भी चमचागीरी करेगा।"

"लेकिन मिसेज़ चावला, मर्द को मर्द होना चाहिए चमचा नहीं। वह मर्द मर्द ही क्या जिसमें ग्रेस नहीं, रोब नहीं, विशालता नहीं। जो औरत के सैंडल उठाए वह कहां का मर्द हुआ!"

"ओह!" मिसेज़ चावला गुर्राई, "इतने वर्ष इस बगुलाभगत के साथ व्यतीत करने के उपरान्त तुम भी रोबदाब, ग्रेस, महानता जैसे शब्द सीख गई हो! डार्लिंग! यह जनतंत्र का ज़माना है। स्त्री को जब जज, मजिस्ट्रेट, मिनिस्टर बनना है तो क्या उन्हें ग्रेस नहीं मिलती? वह पुरुषों के साथ कंधे से कंधा मिलाकर नहीं चलती? पुरुषों पर राज्य नहीं करतीं! पुरुषों से उच्च अधिकारी नहीं होती? मैं जानती हूं, वर्षों ऐसे पुरुष के साथ रहने से कुछ न कुछ ज़ंग तो इसके सम्पर्क में लगना ही था। तुम दोषी नहीं। इस जंग को उतरने में थोड़ा समय लगेगा। लेकिन

ऐसी बात नहीं कि उतर न सके।" मिसेज़ चावला ने दलील दी।

"लेकिन मिसेज़ चावला, रोबिन और अन्य पुरुषों में अन्तर है। अब धनराज को लो। उसके पास दौलत है, वह मिनिस्टरों को जानता है। लेकिन रेस्तरां में जाएगा तो आर्डर नहीं कर सकता। उसके अन्दर आत्महीनता कूट-कूटकर भरी हुई है। वेटर से कहेगा, तुम्हारे यहां जो सबसे बढ़िया डिश है ले आओ। इसके विपरीत रोबिन किसी रेस्तरां में जाएगा तो मीनो को देखेगा। वह जानता है किस रेस्तरां में कौन-सी डिश सर्वोत्तम है। डिश आएगी तो उसे सूंघेगा और संघते ही जान जाएगा कि वह कैसी है।"

"यह तो कोई खास बात नहीं, वह खानसामों और खानों पर थोड़ी नालेज रखता है।"

"यही नहीं। एक दिन धनराज कहने लगा कि मेरा बूट तीन वर्ष पुराना है। और बहुत मज़बूत है...मैंने जब शू पर दृष्टि डाली तो देखकर मेरा दिल डूब गया।"

"वह क्यों?"

"वह शू डबल सोल का था। धनराज के कथनानुसार वह चलने वाली चीज़ ही खरीदता है। यद्यपि रोबिन ने कभी वह शू नहीं पहना जिसका वज़न आध पाव से अधिक हो। यही नहीं, धनराज जिससे भी मिलेगा झुककर मिलेगा। यदि हाथ मिलाएगा तो दोनों हाथों में दूसरे के हाथ ले लेगा। कभी गर्दन उठाकर नहीं चलता। एक सेल्ज़ टैक्स इंस्पेक्टर भी होगा तो उसके सामने आत्महीनता का शिकार होगा। और रोबिन इंस्पेक्टरों को कभी मुंह ही नहीं लगाता। कमिश्नर से भी मिलता है तो रोब के साथ। गर्दन उठी हुई, सीना बाहर, कंधे खुले हुए। आवाज़ में रोब। बात में संयम। मैंने कभी रोबिन को महफिल में हंसते हुए नहीं देखा। वह केवल मुस्कराता है।" तपस्या ने कहा।

"इसका मतलब है तुममें दुर्बलता आ रही है। तुमने अभी से धनराज में त्रुटियां ढूंढ़ना आरम्भ कर दिया है और रोबिन के गुणों से उसकी तुलना कर रही हो। तुम स्वयं स्वीकार करती हो कि रोबिन उससे बहुत महान है।"

"लेकिन मिसेज़ चावला, यह तो सच है कि रोबिन इज़ ए मैन।" तपस्या ने बल खाकर कहा।

"और इसका मतलब है कि तुम रोबिन को छोड़ नहीं रही हो।"

"नहीं, यह बात नहीं।"

"फिर उसकी प्रशंसा क्यों कर रही हो? तुम्हारे यह कहने से कि रोबिन एक पुरुष है तुम सिद्ध कर रही हो कि धनराज पुरुष नहीं है। यदि वह पुरुष नहीं तो क्या है?" मिसेज़ चावला ने जोश से कहा।

"क्या है, यह मैं नहीं जानती, लेकिन, लेकिन...मैं वह शब्द नहीं सोच सकती जिससे धनराज के चरित्र की व्याख्या कर सकूं।"

"पागल हो। तुम समझती हो कि रोबिन की रेपुटेशन समाप्त करने के बाद तुम उसके पास वापस जा सकती हो। अब यदि वापस जाती हो तो जानती हो क्या होगा?"

"क्या होगा?"

"तुम उसके कदमों में गिरकर गिड़गिड़ाओगी। यह तुम्हारी पराजय होगी। तुम्हारे जीवन का अंत होगा। और बड़ी बात नहीं कि वह बगुलाभगत तुम्हें क्षमा न करे। बल्कि तुमसे बदला ले। तुम इतनी दूर निकल आई हो कि अब तुम्हारा वापस जाना कठिन है। तुम्हारी वापसी तुम्हारी मृत्यु है। बोलो, एक ओर जीवन है, धनराज तुम्हें सिर-आंखों पर बिठाएगा, तुम्हारी पूजा करेगा, दूसरी ओर एक लौंडी की भांति तुम कदमों में पड़ी रहोगी। और रोबिन तुम्हें कदमों में रौंद देगा। धनराज पर राज्य करोगी। बोलो, दोनों में से क्या पसन्द है?"

"मिसेज़ चावला, तुम ठीक कहती हो, लेकिन मैं जानती हूं कि रोबिन के घर की लौंडी, नौकरानी की भी इज़्ज़त है। लोग उसे आदर व सम्मान से देखते हैं। उसके आगे चूं नहीं कर सकते और धनराज की पत्नी की वही रेपुटेशन होगी जो पहली पत्नी की थी। दुनिया जानती है कि धनराज पत्नी की बदौलत अमीर बना है। धनराज की पत्नी हर किसीकी भाभी है और रोबिन की पत्नी मिसेज़ रोबिन है।"

"यह पागलपन है तुम्हारा—वर्षों इस बददिमाग के साथ रहने से तुम ऐसा सोचती हो, वरना दुनिया ऐसा नहीं सोचती। आज दौलत एक पावर है, ताकत है, नशा है।"

"क्या रोबिन गरीब है?"

"नहीं, धनराज के पास वही नोट हैं जो रोबिन के पास हैं।" मिसेज़ चावला ने जलकर कहा, "सिर्फ ग्रेस, गर्व और महानता दकियानूसी विचार हैं। क्या किसी शैड्यूल्ड-कास्ट मंत्री को अछूत कह सकेंगे?"

"नहीं।"

"फिर तुम समझती क्यों नहीं? जनतंत्र राज्य में सब समान हैं। गर्व, सम्मान, अहं, ग्रेस यह सब बेतुकी बातें हैं। यह आउटआफ डेट हो चुकी हैं। इनकी कोई कीमत नहीं। कोई कद्र नहीं।"

"काश, ऐसा हो सकता!" तपस्या ने गहरा सांस लेकर कहा।

"शादी के उपरान्त तुम धनराज को सिखा सकती हो कि डबल सोल के बूट नहीं बल्कि हल्के शू पहने जाते हैं। रेस्तरां में कमांड की जमात है, नम्रता और आत्महीनता की नहीं।"

"वह तो एक उदाहरण था। मेरे कहने का तात्पर्य था कि कमांड, ग्रेस, अहं और गौरव धन से नहीं खरीदे जा सकते, यह तो रक्त में सम्मिलित होते हैं। अलसेशन पैदा करने के लिए अलसेशन की ही आवश्यकता है।"

"यह सब उस घमंडी का दृष्टिकोण है।"

"कुछ भी कहो। इसको झुठलाया नहीं जा सकता। जानती हो, एक बार रोबिन ने कहा था कि धनराज जैसे कांग्रेस प्रॉडक्ट बड़े-बड़े अवसरों पर पहचाने जाते हैं। यह सदा गलत किस्म के कपड़े पहनेंगे, गलत बात करेंगे और पार्टी में गलत ढंग से बिहेव करेंगे। यह रात्रि के अंधकार में भी पहचाने जा सकते हैं। इनकी कोई बात, कोई काम गुप्त नहीं रह सकता। उस दिन तो मैं कायल न हो सकी, लेकिन अब कायल हूं।"

"वह कैसे?"

"रोबिन यदि मुझे हीरे का हार देगा तो वह किसी दूसरे से इसकी चर्चा न करेगा। लेकिन धनराज जैसे लोग पांच सौ रुपये का उपहार देंगे तो ढिंढोरा शहर-भर में पीटेंगे। वह रेस्तरां में जाएंगे तो उनकी इच्छा होगी कि दुनिया जान ले। वह बिल चुकाएंगे तो बिल जेब में रख लेंगे ताकि अगले दिन दोस्तों को बताएं कि उन्होंने कितने रुपये का बिल चुकाया था। वह हर बात की नुमायश करना चाहते हैं। जैसे उन्हें विश्वास ही नहीं कि वह अमीर हैं। लेकिन रोबिन ऐसी ओछी हरकत कभी नहीं कर सकता। उसने आज तक बिल नहीं उठाया। उसने जो खरीदा है उसकी रसीद नहीं रखी। मैंने कभी पूछा भी कि वह चीज़ कितने की खरीदी गई है तो उसने जवाब दिया कि तुम कीमत चुका रही हो! लेकिन धनराज जैसे लोग आत्महीनता के शिकार हैं। इन्हें हर अवसर पर बताना और प्रकट करना पड़ता है कि इनके पास दौलत है। उसके विपरीत रोबिन जैसे लोग जानते हैं कि दुनिया

जानती है कि उसके पास धन है।"

"यह तो ठीक है। तुम यह कहना चाहती हो कि धनराज उपयुक्त पति न होगा। यह कोई बड़ी बात नहीं। धनराज ने तो केवल यह सिद्ध किया है कि तुम्हारे साथ लोग शादी कर सकते हैं। अब तुमपर निर्भर है कि शादी किसके साथ करो। मैं नहीं कहती कि धनराज के साथ करो। समय आने दो। इससे बेहतर पति मिल सकेगा।" मिसेज़ चावला ने रोशनी डाली।

"हां। यह ठीक है। मैं चाहती हूं पति एक पुरुष ही न हो, उसमें अहं और गौरव भी हो; बल्कि वह आडम्बरहीन हो। पति का वंश एक चीज़ है। गधे का बाप गधा होता है। और उसे गधे ही बेहतर समझ सकते हैं।" तपस्या ने हंसकर कहा।

"यह किसी लेखक पर चोट है?"

"नहीं। गधों की बात है। तुम नहीं समझ सकतीं।" तपस्या ने हंसकर कहा।

"शुक्र है। तुम्हारा मूड तो बदला! मैं तो समझी थी कि तुम यहां से सीधी घर जाओगी और रोबिन के चरणों में गिरकर गिड़गिड़ाओगी, मिन्नत करोगी, माफी मांगोगी।" मिसेज़ चावला ने हंसकर कहा।

"लेकिन अब ऐसा नहीं हो सकता।"

"शुक्र है भगवान का!" मिसेज़ चावला ने शांति का सांस लिया।

"जानती हो, एक बार रोबिन ने क्या कहा था?"

"क्या?"

"स्वतन्त्रता के उपरान्त यदि इस देश में कोई कल्चर रह गया है तो वह एग्रीकल्चर है।" तपस्या ने हंसकर कहा।

"और हॉर्टीकल्चर के विषय में तुम्हारी क्या राय है?" मिसेज़ चावला ने प्रत्युत्तर दिया।

"वह 26 जनवरी की परेड में दिखाई पड़ता है।" तपस्या ने वाक्य पूर्ण कर दिया।

दोनों हंसने लगीं।

दफ्तर खाली हो चुका था, लेकिन तपस्या अभी तक अपने केबिन में ही बैठी हुई थी। क्योंकि धनराज अपने केबिन में बैठा किसीके साथ बातें कर रहा था।

अभी पौने पांच ही बजे थे। तपस्या समझ न सकी कि धनराज ने आज निश्चित समय से पहले ही स्टाफ को छुट्टी क्यों दे दी थी!

आज दिन-भर वह काम न कर सकी थी। उसके मस्तिष्क में पिछली रात रोबिन से हुई बातें घूमती रही थीं। वह कोई निर्णय न कर सकी थी। उसने बड़ी शांति से मिसेज़ चावला की बातों पर भी विचार किया था। मिसेज़ चावला का कहना ठीक ही था। तपस्या अब इतनी दूर निकल आई थी कि लौट जाना असम्भव था। यदि वह चाहे भी तो क्या रोबिन उसे वह सम्मान और आदर देगा! वास्तव में उसने अपनी अनुचित हरकतों से अपनी और रोबिन की स्थिति खराब कर दी थी। फलस्वरूप वर्षों की बनी-बनाई इज़्ज़त धूल में मिल गई थी।

यह ज़रूरी नहीं कि वह धनराज से ही शादी करे। लेकिन जहां तक रोबिन से अलग होने का सवाल था अब उसे कोई न रोक सकता था। यदि वह गिड़गिड़ाकर रोबिन से क्षमा भी मांगे और वह उसे माफ भी कर दे तब भी वह ज़िन्दगी-भर स्वयं को तुच्छ और हीन ही समझती रहेगी। रोबिन उसपर और चोटें लगाएगा। वह उसे किसी पार्टी में साथ लेकर न जाएगा। किसी फंक्शन में साथ न ले जाएगा। वह केवल एक पढ़ी हुई कहानी बनकर रह गई थी, जिसे रोबिन जैसे लोग रद्दी में भी बेचना पसन्द नहीं करते, बल्कि फेंक देना पसन्द करते हैं।

दूसरी ओर धनराज था। रोबिन के कथनानुसार कांग्रेस प्रॉडक्ट—मिसेज़ चावला के कहने के अनुसार सर्वोत्तम पति सिद्ध हो सकता था। रोबिन जैसे बददिमाग इन्सान के साथ सोलह वर्ष बिताने के बाद यदि नखरे उठाने वाला पति मिल जाए तो और क्या चाहिए! वह अपनी मनमानी कर सकती थी। उसके पास दौलत होगी। वह मिनिस्टरों की महफिल में जाएगी। वह एम० पी० और एम० एल० ए० लोगों से मिलेगी। कोई बड़ी बात नहीं कि किसी दिन धनराज को पद्मश्री की उपाधि से सुशोभित किया जाए तो वह एक सम्मानित स्त्री बन जाएगी। धनराज में ऐसी कोई योग्यता न थी कि उसे पद्मश्री बनाया जाए, लेकिन जो बनाए गए थे उनमें से नब्बे प्रतिशत धनराज जैसे ही लोग थे।

धनराज या कोई और, परन्तु रोबिन से किसी भी दशा में समझौता न हो सकता था। वह क्षमा नहीं मांग सकती थी बल्कि रोबिन उसे क्षमा नहीं कर सकता था।

खैर, समय आने पर देखा जाएगा। यदि उसने दूसरी शादी की आवश्यकता समझी तो एक बात वह अच्छी तरह समझ चुकी थी कि दूसरी शादी हो सकती थी।

"हलो, मिसेज़ रोबिन।" धनराज ने अन्दर प्रविष्ट होकर कहा, लेकिन वह चौंक पड़ी।

"हलो!"

"बहुत गहरी सोच थी।" धनराज मुस्कराकर टेबल पर बैठ गया। यद्यपि वहां तीन कुर्सियां खाली पड़ी थीं।

"नहीं।" तपस्या ने गहरा सांस लेकर कहा।

"सौ रुपये," धनराज ने जेब से नोट निकाला, "यदि तुम बता दो कि क्या सोच रही थीं।"

"इन दिनों सोचने के लिए सिवाय एक बात के और रह ही क्या गया है!" तपस्या ने डूबती आवाज़ में कहा।

"यह नोट तुम्हारा है।" कहकर धनराज ने सौ का नोट बढ़ा दिया। "वैसे यदि तुम न भी बतातीं तो मैं बता सकता था।"

"वह क्योंकर?"

"कैलेंडर।" धनराज ने हंसकर कहा, "आज 30 जनवरी है। आज का दिन व्यतीत हो गया। कल और परसों ग्यारह बजे दिन तक तुम स्वतंत्र हो जाओगी। बन्धन टूट जाएगा। कड़ियां खुल जाएंगी। नहीं टूट जाएंगी?"

"शायद।"

"शायद!" धनराज चौंक पड़ा, "अब क्या है! चौबीस या चालीस घंटों में परिस्थिति बदल सकती है।"

"नहीं।"

"फिर आपने शायद क्यों कहा? क्या रोबिन कमज़ोर पड़ रहा है?" धनराज का दिल धक-धक कर रहा था।

"वह, और कमज़ोर पड़े!" तपस्या ने रूखे स्वर में कहा, "वह जीवन में इस शब्द को सीखा ही नहीं।"

"फिर तुम अपने को दुर्बल पा रही हो। यदि ऐसा है तो आज घर न जाओ। कल का दिन दफ्तर में गुज़ारो। और कल रात भी घर से बाहर ही गुज़ार दो। केवल परसों अदालत में उसे मिलो ताकि इस अरसे में कोई बात न हो सके।" धनराज ने सलाह दी।

"जानते हैं, मुझे मेरे डैडी शादी से पहले क्या कहा करते थे?"

"नहीं। और जानना चाहता हूं।"

"मैं हाई हैडिड हूं।"

"यह जानकर खुशी हुई।"

यह सुनकर तपस्या को उबकाई आ गई।

"आज शाम का क्या प्रोग्राम है?"

"कोई खास नहीं।"

"फिर डिनर मेरे साथ खाइए।"

"नहीं। मैं चाहती थी कि आज दोनों बच्चों को साथ लेकर शॉपिंग करूं। उन्हें सैर कराऊं। क्योंकि मैं अपने साथ बेटे को रखूंगी बेटी से तो कभी-कभी भेट हो सकेगी। वह भी यदि रोबिन चाहेगा तब!..."

"आपने बताया नहीं कि उस दिन जब आप नेकलेस पहनकर घर गई तो रोबिन ने पूछा नहीं?"

"आपका क्या विचार है?" तपस्या इन बातों से उकता रही थी।

"ज़रूर पूछा होगा। लेकिन मैं जानना चाहता हूं कि आपने क्या जवाब दिया? क्या कोई झगड़ा हुआ या नहीं?"

"आपने इसलिए दिया था कि हममें झगड़ा हो?"

"नहीं, नहीं। भगवान के लिए ऐसा न समझिए। मैंने तो कहा था कि उतार लीजिए। लेकिन आप उसे पहनकर घर जाने पर हठ कर रही थीं।"

"मैंने कह दिया था कि मैंने पॉकेटमनी से खरीदा है।"

"बस?"

"नहीं। रोबिन ने कहा, 'यदि मैं तुम्हारी बैंक पासबुक देखना चाहूं तो तुम कह दोगी कि वह बैंक में है।'"

"इसका मतलब है रोबिन इस बात को पी गया।"

"मैं समझी नहीं। क्या आपने किसीसे चर्चा की थी कि आपने मुझे नेकलेस भेट किया है?"

"नहीं, नहीं।" धनराज जैसे लोग झूठ भी बोल सकते थे। "चलो बात खत्म हो गई यह खुशी की बात है।"

इसी क्षण दफ्तर में भारी कदमों की आवाज़ आई।

"कौन हो सकता है!" कहकर धनराज उठा और केबिन से बाहर गया।

बाहर चार आदमी खड़े थे।

"क्षमा कीजिएगा, दफ्तर बन्द हो गया है।" धनराज ने कहा।

"कोई बात नहीं। हमें आपकी ज़रूरत है।" एक व्यक्ति ने कहा जिसका व्यक्तित्व आवश्यकता से अधिक रोबदार था।

"मेरी!" धनराज ने सवाल किया।

"आप मिस्टर धनराज हैं? इस फर्म के मालिक?" उस व्यक्ति ने रोबदार स्वर में पूछा।

"जी हां।"

"बस, काफी है।" उस व्यक्ति ने कहा और शेष तीन व्यक्ति दफ्तर में बिखर गए।

"फरमाइए, मैं क्या सेवा कर सकता हूं।"

"मेरा नाम पी० एल० जोशी है। मैं एण्टी करप्शन पुलिस का सुपरिटेंडेंट हूं। यह मेरे आदमी हैं। और..." कहकर उसने जेब से एक कागज़ निकाला।

"यह आपके दफ्तर की तलाशी के वारण्ट हैं।"

"किस सिलसिले में?"

"सीमेण्ट के परमिट के सिलसिले में।" जोशी ने कहा, "हम आपकी किताबें और अन्य कागज़ात देखना चाहते हैं।"

"लेकिन इस समय दफ्तर में कोई नहीं।"

"इसीलिए हम इस समय हैं। हमें स्टाफ की नहीं, मालिक की आवश्यकता है।"

"बेहतर है। मैं अपने वकील को फोन करता हूं।" धनराज के होश उड़ चुके थे।

"इसकी ज़रूरत तो है नहीं। लेकिन यदि आप ज़रूरी समझते हैं तो शौक से कीजिए।"

धनराज तेज़ी से फोन की ओर बढ़ा। उसने रिसीवर को उठाया तो फोन को मुर्दा पाया।

"यह फोन को क्या हुआ?" धनराज ने झल्लाकर फोन पर तीन-चार हाथ मारे।

जोशी के चेहरे पर व्यंग्यपूर्ण मुस्कराहट थी। "शायद खराब हो गया है।"

"खराब हो गया है या आपके कहने पर हुआ है!"

जोशी ने जवाब न दिया।

धनराज ने फोन रख दिया।

इसी समय तपस्या अपने केबिन से बाहर निकली तो धनराज को घबराया हुआ देखकर चौंक गई। उसने बातों का कुछ हिस्सा सुन लिया था।

"आपका परिचय?" जोशी ने सवाल किया।

"यह..." धनराज कहने लगा, लेकिन तपस्या बोल पड़ी, "मैं मिसेज़ रोबिन हूं।"

"क्या यहां काम करती हैं आप?"

"जी, हां।"

"ओह!" जोशी ने धीरे से कहा।

"मिस्टर धनराज कह रहे थे कि दफ्तर में कोई नहीं। मेरा मतलब है स्टाफ का कोई मेम्बर नहीं!"

"अच्छा मिस्टर धनराज, मैं चलती हूं।" तपस्या ने कहा।

"जी नहीं," जोशी बोला, "आप नहीं जा सकतीं।"

"क्यों?"

"मैं सुपरिटेंडेंट एण्टी करप्शन हूं। यह रेड है और मुझे खेद है कि जब तक छापा खत्म नहीं हो जाता, आप दफ्तर से बाहर नहीं जा सकतीं।"

"लेकिन मैं केवल काम करती हूं।"

"सत्य है।"

"ओह!" तपस्या गुर्राई, "क्या यह हुक्म है?"

"यदि आप समझें!"

"तो मैं अपने पति को फोन करना चाहती हूं।"

"ज़रूर कीजिए, लेकिन मेरा विचार है कि फोन खराब है। मिस्टर धनराज भी अभी अपने वकील को फोन करना चाहते थे।"

"इस सूरत में मैं बाहर जाकर कर आती हूं।"

"लेकिन आप बाहर नहीं जा सकतीं।"

"आपके साथी अफसर हैं?" तपस्या ने सवाल किया।

"जी हां।"

'इनमें से किसीको कह दीजिए कि मेरे पति को फोन कर दें।"

"इनमें से कोई न जा सकेगा क्योंकि हमारे पास समय कम है और काम

अधिक है।" जोशी ने रोब से कहा।

"मिस्टर सुपरिटेंडेंट!" तपस्या ने बल खाकर कहा, "यह ठीक है कि मैं चार सौ रुपये महीने की नौकर हूं। लेकिन मैं जानती हूं, मेरे पति का क्या काम है।"

"मेरा विचार है वह इस मामले में आपकी मदद न कर सकेंगे। करप्शन के केस की जांच करना हमारा कर्तव्य और अधिकार है।"

"क्या मैं भी बाहर नहीं जा सकता?" धनराज ने सवाल किया।

"जी, नहीं।" जोशी ने धीरे से कहा, "हमें आपकी यहां ज़रूरत है। हमें जिन फाइलों की ज़रूरत है वह आप जल्दी निकाल देंगे वरना हमें एक-एक कागज़ छांटना पड़ेगा। और जब तक हमें वह कागज़ न मिल सकेंगे हम यहां से जा न सकेंगे, चाहे सारी रात गुज़र जाए।"

"ओ गॉड!" तपस्या चिल्लाई, "लेकिन मुझे घर जाना है।"

"मुझे खेद है।" जोशी ने कहा।

"मिस्टर जोशी, मैं डेढ़ दर्जन मेम्बर पालियामेंट को जानता हूं और वह मेरे फोन पर भागे हुए आएंगे। और यह भी जान लीजिए कि मेरी शादी एक मिनिस्टर की लड़की से हुई थी।"

"आपने ठीक कहा है। हुई थी। अब तलाक हो चुका है।" जोशी ने धीरे से कहा, "और मुझे खेद है कि कोई मेम्बर पार्लियामेंट हमारे मामले में दखल देना उचित न समझेगा।"

"यह मैं आपसे बेहतर जानता हूं।"

"हो सकता है।" जोशी ने कहा।

"और आप यह भी जानते हैं कि कल मेरा है।"

"निश्चय ही। यदि कुछ भी बरामद न हुआ तो मैं निजी रूप से क्षमा मांग लूंगा।" जोशी ने कहा।

धनराज चुप हो गया।

"आप इन अलमारियों की चाबियां दे दीजिए।"

"मेरे पास नहीं हैं।" धनराज ने कहा।

"मिस्टर यादव!"

"यस सर।"

"बाहर से ताला तोड़ने का सामान ले आइए।" जोशी ने हुक्म दिया।

"यस सर..." कहकर यादव बाहर चला गया।

"सूपरिंटेंडेंट साहब!" धनराज ने कहा।

"जी?"

"ज़रा इधर आइए!"

"यहां ही कह दीजिए।"

"जी नहीं। इधर केबिन में।"

"बेहतर।" कहकर जोशी ने कन्धे झटके और केबिन की ओर बढ़ गए।

केबिन में केवल वह दो थे। धनराज ने दरवाज़ा बंद किया।

"जी, अब फरमाइए!" धनराज ने सवाल किया।

"क्या पूछना चाहते हैं आप?"

"क्या चाहते हैं आप?"

"नवम्बर में आपको छः हजार बोरी सीमेण्ट का परमिट इशू हुआ था।"

"जी हां।"

"एक कैशमीमो मैसर्ज़ रीगल काण्ट्रक्टर्ज़ के नाम बना था!"

"जी हां।"

"शेष आप समझते ही हैं।"

"जी हां। अच्छा यह बताइए कितना?"

"मैं समझा नहीं! क्या कितना?" जोशी ने धीरे से कहा।

"अब आप इतने नादान न बनिए। तीन हज़ार?"

"नहीं।"

"चार?"

"जी नहीं, आप गलत समझ रहे हैं।"

"पांच?"

"दस भी नहीं। पुलिस और एण्टी करप्शन में अन्तर है।"

"नोट सब जगह चलते हैं।" धनराज ने कहा, "पन्द्रह हज़ार?"

"सॉरी!" जोशी ने दरवाज़े की तरफ बढ़ते हुए कहा।

"मिस्टर जोशी! आप, आप..."

दूसरे क्षण जोशी बाहर था।

तफतीश साढ़े नौ बजे खत्म हुई। कागज़ मिल गए थे। कुछ लोगों की

उपस्थिति में इन्हें कब्ज़े में लिया गया।

"आइए!" कहकर जोशी खड़ा हो गया। शेष अफ़सर भी खड़े हो गए।

"कहां?"

"पुलिस स्टेशन।"

"लेकिन मैं यहां से ज़मानत देने को तैयार हूं।"

"वह सिर्फ पुलिस ले सकती है, मैं नहीं।" जोशी ने कहा।

"ओ!" धनराज ने थकी आवाज़ में कहा।

"और मेरे लिए क्या हुक्म है?" तपस्या ने सवाल किया।

"आपको भी चलना पड़ेगा।"

"पुलिस स्टेशन!" तपस्या चौंककर बोली।

"जी हां।"

"लेकिन, लेकिन मैं केवल नौकर हूं और जब का यह केस है तब तो मैं यहां काम भी नहीं करती थी!"

"यह फैसला कचहरी करेगी।"

"क्या मुझे भी ज़मानत देनी पड़ेगी!"

"जी हां।"

"ओह, भगवान! मेरे हस्बैण्ड क्या कहेंगे! मेरे बच्चे...मेरे सम्बन्धी... दुनिया..."

"मुझे आपसे सहानुभूति है। लेकिन मैं विवश हूं।" जोशी ने नम्रता से कहा।

"विवश! शायद आप मेरे हस्बैण्ड को जानते हैं!"

"जी नहीं।"

"खैर, जान जाएंगे।" तपस्या ने गुस्से में कहा, "पुलिस स्टेशन का फोन तो काम करता होगा।"

"ज़रूर।" जोशी ने उत्तर दिया।

"बस, ठीक है।"

"मिसेज़ रोबिन, यह आपका दुर्भाग्य है कि आप दफ्तर में थीं।" जोशी ने तसल्ली दी।

"अब मैं आपका दुर्भाग्य देखना चाहूंगी।"

"आप यों ही बिगड़ रही हैं। मैं केवल अपना कर्तव्य निभा रहा हूं। यदि आप

इतने बड़े आदमी की पत्नी हैं तो आपको चार सौ रुपये मासिक की नौकरी करने की क्या ज़रूरत थी?"

"यह मेरा निजी मामला है। और इसका बेहतर जवाब मेरा हस्बैंड दे सकता है। मैं ज़मानत दूंगी। आप अपनी ज़मानत का भी इन्तज़ाम कराइएगा।"

"मिसेज़ रोबिन, मैं आपकी इज़्ज़त कर रहा हूं। और इज़्ज़त एक ओर से नहीं होती। बाहर चलकर पुलिस वैन में बैठ जाइए, वरना मुझे लेडीज़ पुलिस को बुलाना पड़ेगा।"

"ओह!" तपस्या निरुत्तर होकर रह गई।

तो यह होती है नौकरी! तपस्या ने सोचा। काश, वह रोबिन को सूचित कर सके तो इस एस० पी० को पता चल जाए कि होम मिनिस्ट्री में डिप्टी सेक्रेटरी और सेक्रेटरी क्या होते हैं!

"आपका विचार है कि मैं बताऊंगी नहीं कि आपने मुझे फोन करने की अनुमति न दी थी।"

"आप गलत कह रही हैं। इस दफ्तर का फोन खराब था। मैंने आपको मना नहीं किया था।" जोशी ने कहा और दफ्तर से बाहर निकल गया।

"चलिए!" यादव ने कहा।

अफसर लोग अपनी जीप में चले गए और इन्हें वैन में बैठना पड़ा।

"यह किसकी शरारत हो सकती है?" धनराज ने तपस्या से पूछा।

"मैं क्या जानूं!"

"खैर, वह तो मैं जान जाऊंगा लेकिन मैं अभी इतना जान सका हूं कि मेरा फोन इन्होंने बन्द कराया था। एक-एक से निबट लूंगा। इस एस०पी० की तो पेटी उतरवाऊंगा।" धनराज ने जोश में कहा।

पास बैठे हुए कांस्टेबल मुस्करा दिए।

तपस्या न मुस्करा सकी। इसका मस्तिष्क बेहद परेशान था। धनराज एक मिनिस्टर का दामाद था। दर्जनों मेम्बर पार्लियामेंट इसके परिचित थे। एम० एल० ए० परिचित थे। और आज वह सब कहां थे? उसे नौकरी करते हुए केवल कुछ दिन हुए थे। और वह पुलिस वैन में बैठी थी और अब पुलिस स्टेशन जा रही थी। कुछ दिनों के सम्पर्क से पुलिस, पुलिस स्टेशन, ज़मानत, वकील के बारे में सीख गई थी और सोलह साल के वैवाहिक जीवन में ऐसा कोई दिन नहीं आया

था। वह ऐसे वातावरण और हालात से परिचित न हो सकी थी।

एक बार वह रोबिन के साथ मसूरी से लौट रही थी कि देहरादून स्टेशन पर कम्पार्टमेंट में रोबिन का एक मुसाफिर से झगड़ा हो गया। रोबिन ने उसे गले से पकड़ा, उठाया और प्लेटफार्म पर फेंक दिया था। पुलिस और रेलवे स्टाफ आ गया था। उन्होंने देखा कि दोनों मुसाफिर फर्स्ट क्लास में सफर कर रहे हैं। इसलिए दोनों सम्मानित व्यक्ति हैं। लेकिन रोबिन ने हठ पकड़ ली कि वह उस व्यक्ति को कम्पार्टमेंट में बैठने नहीं देगा और यदि ऐसा होगा तो वह गाड़ी न चलने देगा और इस मुसाफिर को चलती गाड़ी से बाहर फेंक देगा।

रेलवे स्टाफ, गार्ड और रेलवे पुलिस परेशान हो गए। गाड़ी पन्द्रह मिनट लेट हो गई। लेकिन रोबिन था कि किसी तरह मानता ही न था।

अन्त में मुसाफिर को दूसरे कम्पार्टमेंट में बिठा दिया गया। पुलिस ने केस की रिपोर्ट तक न लिखी क्योंकि जो लोग रोबिन और तपस्या को स्टेशन पर विदा करने आए थे उनमें से एक आई० ए० एस० था। और वह रोबिन का अभिन्न मित्र था।

तो यह थी इस जीवन की हल्की-सी झांकी जो अब तपस्या को गुज़ारनी थी! अब उसे अनुभव हो रहा था कि रोबिन ने उसे समाज में क्या दर्जा दिया था। उसे कहां तक सुरक्षित किया था! धनराज अपने दर्जन दो दर्जन मेम्बर पालियामेंट के होते हुए भी पुलिस वैन में बैठा था। जोशी ने उसे अपनी कार इस्तेमाल करने की इज़ाज़त नहीं दी थी। और अब भगवान बेहतर जानता है कि पुलिस स्टेशन पर क्या होगा! रोबिन जब सुनेगा तो गर्व से मुस्करा देगा।

जब वह वैन से उतरे तो तपस्या की क्रोध और क्षोभ से बुरी हालत हो रही थी। एक ओर क्रोध से उसका चेहरा तमतमा रहा था, दूसरी ओर लज्जा से टांगें कांप रही थीं।

रिपोर्टिंग रूम में इन्हें बैठा दिया गया। लेकिन एण्टी करप्शन का स्टाफ नज़र न आ रहा था। कान्स्टेबल और अफसर कमरे में आते और तपस्या पर उत्सुकता और वासना-भरी दृष्टि डालते।

"किस सिलसिले में!" एक हैड कान्स्टेबल ने ए० एस० आई० से प्रश्न किया।

"ब्लैक मारकीट।" ए० एस० आई० ने उत्तर दिया।

'ओह, भगवान!' तपस्या ने मन ही मन कहा। यह सब क्या तमाशा था!

रोबिन के परिवार में किसी भी स्त्री ने थाने की सूरत न देखी थी।

क्या वह रोबिन से सहायता मांगे? उसे फोन करे? यह बड़ी ही कठिन समस्या उसके सम्मुख थी। परसों के बाद वह रोबिन से अलग हो जाएगी। और दो दिनों में ही इस घटना को घटना था! और उसे इन अंतिम दिनों में रोबिन से सहायता मांगनी थी! लेकिन यदि उसने सहायता न मांगी तो न मालूम यहां क्या हो! शायद उसे यह रात इस थाने में ही बितानी पड़े! उसका शरीर सिहर उठा।

"मैं फोन करना चाहती हूं।" तपस्या ने ड्यूटी अफसर से कहा।

"किस सिलसिले में?" ड्यूटी अफसर ने सवाल किया।

"मैं अपने पति को बताना चाहती हूं कि मैं यहां हूं।"

"घबराओ नहीं, मिसेज़ रोबिन, अब मैं फोन करूंगा। और देखना क्या तमाशा खड़ा करता हूं!" धनराज ने गरजकर कहा। "पन्द्रह मिनट में यहां एक दर्जन मेम्बर पार्लियामेंट होंगे।"

"मेरा फोन करना ज़रूरी है, मिस्टर राज! बच्चे परेशान होंगे! मैंने उनसे वायदा किया था कि आज शाम शॉपिंग करेंगे।" कहकर वह फोन की ओर बढ़ी।

"क्षमा कीजिए! मैं पहले एस० एच० ओ० साहब से पूछ लूं।" ड्यूटी अफसर ने नम्रता से कहा और कमरे से बाहर निकल गया।

पांच मिनट, दस मिनट, पन्द्रह मिनट, बीस मिनट, और ड्यूटी अफसर का कुछ पता न था।

"ओह, भगवान, मैं किस मुसीबत में फंस गई हूं।" तपस्या बड़बड़ाई। क्रोध से उसकी बुरी दशा हो रही थी।

"घबराओ नहीं, मिसेज़ रोबिन! बस एक बार यह फोन करने दें। फिर देखना मैं क्या करता हूं।" धनराज गरजा।

पुलिस के उपस्थित अधिकारी मुस्करा दिए। जैसे बह जानते थे कि उनका कुछ न बिगड़ेगा।

पच्चीस मिनट बाद ड्यूटी अफसर लौट आया।

"मैडम! आप मेरे साथ चलिए।"

"कहां?"

"डिप्टी साहब के पास।"

"और मैं यहां क्या करूं!" धनराज चिल्लाया।

"प्रतीक्षा।" ड्यूटी अफसर ने धीरे से कहा।

तपस्या खड़ी होकर ड्यूटी अफसर के साथ चली गई।

एक कमरे के बाहर लिखा था—एस० चड्ढा, डी० एस० पी०।

वह भीतर गई तो एक कुर्सी पर जोशी बैठा था, दूसरी पर एक बावर्दी डी० एस० पी०।

"पधारिए।" जोशी ने खड़े होकर कहा।

तपस्या इस व्यवहार पर चौंक पड़ी। वह कुर्सी पर बैठ गई तो जोशी ने कोकाकोला की बोतल बढ़ा दी, "यद्यपि सरदी बहुत है, लेकिन शायद आपको प्यास लगी हो।" जोशी ने धीरे से कहा।

ड्यूटी अफसर जा चुका था। तपस्या को अब ध्यान आया कि उसका कंठ प्यास से बुरी तरह सूख गया था। वह कोकाकोला पर झपट पड़ी। जोशी बैठ गया था।

"क्षमा कीजिए, आप मिसेज़ रोबिन शुक्ला हैं?" जोशी ने नम्रता से पूछा।

तपस्या का चेहरा क्रोध से तमतमा रहा था। उसने बोतल मेज़ पर पटक दी।

"मैं पौने पांच बजे से बताना चाहती थी। न आपने मुझे घर फोन करने दिया और न पूछा कि मैं कौन हूं!"

"मैं बहुत लज्जित हूं। लेकिन आप स्वयं ही सोचिए। मेरे स्थान पर यदि आप होतीं तो यही होता। मेरे वहम में भी न आ सकता था कि आप मिसेज़ रोबिन हैं। भला आपको क्या ज़रूरत आन पड़ी थी कि चार सौ रुपये मासिक की इस ब्लैक मारकीटिये के पास नौकरी करें!" जोशी ने नम्रता से कहा।

"यह मेरा व्यक्तिगत मामला है!" तपस्या ने भी नम्रता से कहा।

"जी हां! जी हां! मैंने केवल इस दृष्टि से कहा था कि यदि आपको नौकरी ही करनी थी तो किसी अच्छी फर्म में की होती।"

"अच्छी फर्म!" तपस्या गुर्राई, "धनराज एक मंत्री का दामाद था और दर्जनों मेम्बर पार्लियामेंट को जानता है। आपने जो करना था कर लिया। अब देखिए वह क्या करता है!"

"क्या उसने कुछ कहा है?" जोशी ने धीरे से सवाल किया।

"केवल यही कि वह आपकी पेटी उतरवा देगा।"

"ओह!" जोशी चौंककर बोला, "खैर, यह मेरी किस्मत होगी। हम क्या करते हैं और वह क्या करता है, यह फैसला अदालत करेगी। केस और प्रमाण पूरे हैं। वह मेरी पेटी उतरवाता है या हम उसे दो साल के लिए जेल में रखते हैं,

यह तो आनेवाला समय ही बताएगा। इस समय मैं उसके विषय में बातें नहीं करना चाहता। मैं केवल आपसे क्षमा मांगना चाहता हूं कि मुझसे भूल हो गई जो आपको परेशान होना पड़ा।"

"परेशान होना पड़ा!" तपस्या ने पूरी आंखें खोलकर जोशी को देखा, "नौ बज रहे हैं और..."

"खैर, आप जानती ही हैं कि हमारा काम करने का ढंग कुछ और ही है। फिर भी मैं निजी रूप से आपसे क्षमा मांगता हूं। मेरी कार आपको आपकी कोठी पर पहंचा देगी।" जोशी ने नपेतुले शब्दों में कहा।

"ओह, गॉड! अब आपकी कार मुझे छोड़ने जाएगी! जबकि दफ्तर से यहां तक पुलिस वैन लाई थी। जैसे मैं एक प्रोफैशनल मुजरिम थी। खैर, मैं अपने पति को फोन करना चाहती हूं।"

"अब इसकी क्या आवश्यकता है! बाहर कार खड़ी है। दस मिनट में आप घर पहुंच जाएंगी।" जोशी ने खड़े होकर कहा।

"लेकिन आप तो कह रहे थे कि मुझे ज़मानत देनी पड़ेगी!"

"वह मेरी गलती थी।"

"इसका मतलब है कि मेरा इस केस से अब कोई सम्बन्ध नहीं!"

"जी हां, बिल्कुल नहीं।" डिप्टी साहब ने कहा, "बस इस परेशानी को भूल जाइए, जो आपको उठानी पड़ी।"

"खैर, यह फैसला मेरे हस्बैंड करेंगे।" कहकर तपस्या खड़ी हो गई।

"आइए।" कहकर जोशी दरवाज़े की ओर बढ़ा।

डी० एस० पी० भी खड़ा था। उसने गुस्से में नमस्ते की। और तपस्या बाहर जाकर उस कार में बैठ गई जिसकी ओर जोशी ने संकेत किया था।

पन्द्रह-सोलह मिनट बाद वह कोठी में दाखिल हुई तो रोबिन ड्राइंगरूम में बैठा व्हिस्की पी रहा था।

"आज कहां डिनर था?" रोबिन ने प्रश्न किया।

"क्या बच्चे सो गए हैं? धरती सो गई है?"

"हूं। तुमने मेरे सवाल का उत्तर नहीं दिया।"

"आपने पूछा था, डिनर कहां था।"

"हां।"

"पुलिस स्टेशन में।"

"भगवान कुशल करे। क्या पुलिस वालों ने रेस्टोरेंट खोल लिए हैं।" रोबिन ने हंसकर कहा, "मेरे कई पुलिस अफसर दोस्त हैं, लेकिन उन्होंने मुझे तो कभी डिनर नहीं खिलाया; मेरा मतलब है पुलिस स्टेशन पर।"

तपस्या ने सारी कहानी सुना दी।

"धनराज कहता था कि वह जोशी की पेटी उतरवा देगा। क्या वह ऐसा कर सकेगा!"

"मेरा विचार है वह एक हैड कांस्टेबल की पेटी नहीं उतरवा सकता। सुपरिटेंडेंट पुलिस और वह भी एण्टी करप्शन का। उसकी पेटी तो राष्ट्रपति ही उतार सकता है।"

"फिर इसका कुछ नहीं बिगड़ेगा?"

"क्या तुम बिगाड़ना चाहती हो!"

"क्यों नहीं? उसने मेरा बहुत अपमान किया। पुलिस वैन में बिठाकर ले गया। हालांकि धनराज ने कहा कि मेरे पास कार है।"

"तुम कहती हो कि उसने क्षमा मांग ली।"

"लेकिन इतना परेशान करने के बाद। मैं तो इसपर कार्रवाई करूंगी!" तपस्या ने चिल्लाकर कहा।

"लेकिन प्रमाण!"

"क्या मतलब!" तपस्या गुर्राई।

"वह कह देंगे कि वह तुम्हें पुलिस स्टेशन लेकर ही नहीं गए!"

"वाह! वह कान्स्टेबल पुलिस, वैन का ड्राइवर, ड्यूटी अफसर, डी० एस० पी०..."

रोबिन खिलखिलाकर हंस पड़ा, "वह तुम्हारे पक्ष में क्यों कहेंगे! वह तो कहेंगे कि तुम दफ्तर में भी नहीं थीं, पुलिस स्टेशन तो गई ही नहीं।"

"धनराज!"

"वह मुलज़िम है। उसकी गवाही का कोई महत्त्व न होगा।"

"फिर...फिर..." तपस्या झल्ला पड़ी, "मैं कुछ न कर सकूंगी?"

“मेरा विचार तो नहीं।”

“लेकिन मैं उसे सज़ा देना चाहती हूं।” तपस्या ने कहा। लेकिन इसके कहने के अंदाज़ से साफ प्रकट होता था कि रोबिन उसे मज़ा क्यों नहीं चखाना चाहता।

“मुझे खेद है कि तुम कुछ नहीं कर सकतीं।”

“हद है; इसका मतलब है पुलिस जो चाहे करे।”

“नहीं, ऐसी बात नहीं। तुम्हारे साथ जो कुछ हुआ है वह केवल इसलिए हुआ कि धनराज मुलज़िम हो गया। आखिर एक ब्लैक मारकीटिये के यहां काम करने से इतनी परेशानी तो तुम्हें भी उठानी पड़ सकती है। इन्सान अपने सम्पर्क से पहचाना जाता है।”

“आपका अभिप्राय यह है कि मेरे साथ जो कुछ हुआ है उसे भूल जाऊं!” तपस्या ने लाल होकर पूछा।

“और कर भी क्या सकती हो!” उसने धीरे से कहा।

“खैर! मैं देखूंगी, इस जोशी के बच्चे का क्या बनता है।”

“तुम उसका क्या बनाना चाहती हो।” रोबिन ने मुस्कराकर सवाल किया, “यदि उसने ठीक तरह से क्षमा नहीं मांगी तो उसे अभी यहां बुलाता हूं। और वह मेरी उपस्थिति में जिस प्रकार की क्षमा चाहोगी मांग लेगा।”

“क्या मतलब? क्या आप उसे जानते हैं?” तपस्या का माथा ठनका।

“थोड़ा-सा।”

“ज़रा खोलकर बताइए।”

“किस तरह।” रोबिन के स्वर में व्यंग्य था।

“कौन है वह?”

“एस० पी० एण्टी करप्शन।”

“वह तो मैं जान गई हैं, लेकिन आप उसे कैसे जानते हैं?”

“मैडम तपस्या!” रोबिन खड़ा हो गया, “वह रायबहादुर कालिया का दामाद है!”

“क्या?” तपस्या का मुंह आश्चर्य से खुला का खुला रह गया, “वह...वह ...हमारा सम्बन्धी है?”

“इसीलिए तो उसने अपनी कार में तुम्हें भेजा और कोकाकोला पिलाया। वरना थाने में तो मुलज़िमों को कोकाकोला नहीं मिलता।” रोबिन ने हंसकर कहा।

"लेकिन वह तो बिलकुल बदल गया है! दस बरस हुए जब वह दूल्हा बनकर आया था तो..."

"अब बताओ, उस गुस्ताख को बुलाऊं यहां!"

"जी नहीं।" मैं उसकी सूरत भी देखना नहीं चाहती। लेकिन...लेकिन।" तपस्या कुछ कहते-कहते रुक गई।

"क्या कहने लगी थीं?"

"यह बात तो परिवार में फैल जाएगी!" तपस्या ने डरकर कहा।

"लेकिन तुम क्यों चिंता कर रही हो, अब हम अलग हो रहे हैं।"

कुछ देर के लिए कमरे में नीरवता छा गई। तपस्या किसी गहरे सोच में डूब चुकी थी।

जब वह सोच टूटा तो तपस्या ने सिर उठाकर रोबिन को देखा और कुछ देर देखती रही।

"इस तरह क्या देख रही हो?"

"आप स्वीकार नहीं करेंगे लेकिन मैं कहूंगी अवश्य!"

"क्या?"

"इस रेड में आपका हाथ कहां तक है?"

"मेरा हाथ?" रोबिन मुस्कराया, "मेरा कोई हाथ नहीं, लेकिन इतना याद रखो कि धनराज को पता चल गया कि उसकी हैसियत क्या है!" कहकर रोबिन उठा और कमरे से बाहर निकल गया।

दोनों को ही इस बात का आभास था कि यह इनकी अंतिम रात है। राबिन्दर भी जल्दी लौट आया था और तपस्या भी।

पहले की भांति सबने मिलकर डाइनिंग टेबल पर खाना खाया। धरती जल्दी सो गई। आकाश अपने कमरे में पढ़ रहा था। उसके कानों में भनक पड़ गई थी कि माता-पिता अलग हो रहे हैं। लेकिन पूरी बात न जान सका था।

ड्राइंगरूम में हीटर जल रहा था। मेज़ पर एक ट्रे में खुश्क मेवे पड़े हुए थे। राबिन्दर कोई नावल पढ़ रहा था और तपस्या आकाश का स्वेटर बुन रही थी।

दोनों भरसक यही जताने की चेष्टा कर रहे थे कि आज की रात एक साधारण

रात थी। लगभग सोलह वर्ष के विवाहित जीवन की यह अंतिम रात्रि थी। इस मकान में वह अंतिम बार इकट्ठे थे। आज के उपरान्त यह ड्राइंगरूम तपस्या के लिए पराया हो जाएगा। यह बेडरूम पराये हो जाएंगे। सारांश यह कि हर चीज़ पराई हो जाएगी।

रेडियो धीमे सुर में फिल्मी गीत उगल रहा था। इसके अतिरिक्त कोई आवाज़ नहीं आ रही थी।

तपस्या ने घड़ी पर निगाह डाली। दस बजने वाले थे।

"मेरा विचार है यह इस साल की सबसे ठंडी रात है।" तपस्या इस नीरवता से बोर हो रही थी। उसने नीरवता को भंग कर डाला।

"क्या कहा?" जैसे राबिन्दर के कान इधर ही थे।

"यह साल की सबसे ठंडी रात है, आज तो सर्दी हाथों को काट रही है।" तपस्या ने कहा।

"हां। कुछ अधिक ही है।" राबिन्दर ने धीमे से कहा।

"कौन-सा नावल पढ़ रहे हैं?"

राबिन्दर ने नावल का नाम बता दिया।

"आज की रात कितनी महत्त्वपूर्ण है।"

"क्यों?"

"क्या आपको पता नहीं कि यह रात कितनी महत्त्वपूर्ण है!"

"कोई विशेष नहीं। साधारण रातों की भांति एक रात है। यद्यपि सर्दी कुछ अधिक ही है।" राबिन्दर ने उत्तर दिया।

"महत्त्वपूर्ण क्यों नहीं। कल हम अलग हो जाएंगे। मैं जीवन की दो रातों को न भूल सकूंगी।"

"एक तो आज की—दूसरी कौन-सी?"

"सुहागरात। जब हम एक हुए थे। मस्तिष्क में वह रात घूम रही है। आपके शरीर पर बनारसी शेरवानी थी। चूड़ीदार पाजामा और सिर पर राजस्थानी पगड़ी।"

"स्त्रियां अतीत को भूलती नहीं। वह सदा अतीत को ही सोचती हैं।" राबिन्दर ने किताब बन्द करते हुए कहा। वह समझ गया कि तपस्या बातें करने के मूड में है।

"मैं सोच रही थी, बासठ दिन इतनी तेज़ी से गुज़र गए। एक मामूली-सी बात थी। सूरज की वजह से झगड़ा हुआ और हमने फैसला कर लिया कि अलग हो जाएं।" तपस्या ने यों कहा जैसे वह लज्जित थी।

"मामूली-सी बातें ही बड़ी-बड़ी घटनाओं का कारण बनती हैं।"

"मैं आज की रात फिलासफरों जैसी बातें नहीं करना चाहती।"

"फिर क्या सुहागरात की तरह सजकर सेज को फूलों से सजाना चाहती हो?" राबिन्दर ने हंसकर कहा।

"मैंने ऐसा ही सोचा था।" तपस्या ने गम्भीर स्वर से कहा।

"फिर उसे वास्तविक रूप क्यों न दिया?"

"सिर्फ सोचकर रह गई, उस रात मैं एडोरेबल थी, शायद आज ऐसा न हो।"

"तुमने गलत सोचा है। मैंने सदा तुम्हारे शरीर की प्रशंसा की है। तुमने इस शरीर को बहुत संभालकर रखा है। इसकी सुन्दरता आज भी वैसी ही है। आज भी यह अच्छे-भले इन्सान के होश गंवा सकता है।" राबिन्दर ने हंसकर कहा।

"लेकिन..." तपस्या कुछ कहते-कहते थोड़ी देर के लिए रुक गई। "कल मैं चली जाऊंगी।"

"हां।"

"क्या आपको दुःख न होगा? आप मेरी कमी अनुभव न करेंगे? आखिर हमारा बन्धन सोलह बरस रहा है।"

"मैं ऐसी भावुक बातों से दूर भागता हूं।"

"ओह, हो! मैं भी कितनी नादान हूं, जो मैं भूल गई कि आपको औरत से नहीं, दौलत से प्यार है।"

"तुम्हारा यह सोचना भी गलत है।"

"हो सकता है।" कहकर वह खड़ी हो गई। उसने शाल ठीक किया तो राबिन्दर ने देखा कि तपस्या ने वही साड़ी पहन रखी थी जो उसने सुहागरात को पहनी थी। "सोइएगा नहीं?"

"क्या यह दावत है?"

"घाटे की नहीं।" तपस्या ने हंसकर कहा।

"शुक्रिया।" राबिन्दर ने मुस्कराकर कहा और उठकर खड़ा हो गया। सिगरेट सुलगाकर बाथरूम चला गया। वापसी पर उसने आकाश के बेडरूम में

झांका। वह गहरी नींद में सो रहा था।

जब वह बेडरूम में दाखिल हुआ तो हरी बत्ती जल रही थी। तपस्या अपने पलंग पर लेटी हुई थी। लिहाफ उसने खींच रखा था।

"आज तुमने बालों में सौ बार कंघी नहीं की।"

"योंही।" तपस्या ने भरपूर अंगड़ाई लेते हुए कहा।

राबिन्दर अपने पलंग में घुस गया। पांव के पास गर्म पानी की बोतल थी। इसने बिस्तर गरम कर रखा था।

"आज मैं कैसी लग रही हूं?" तपस्या ने सवाल किया।

"जैसे एक लड़की सुहागरात को नज़र आती है।" राबिन्दर ने मुस्कराकर कहा।

"शुक्रिया।"

"खैर, तुम्हारा ब्वायफ्रेंड जो भी है, उसने तुम्हें चार वर्ष कम उम्र की बना डाला है।"

"मेरा ब्वायफैड!" तपस्या गुर्राई, "आज की रात उसकी चर्चा न करो। वैसे मेरा कोई ब्वायफ्रैंड नहीं।"

"धनराज।"

"ओह, चमचा।"

"लेकिन मैंने तो सुना था कि तुम जल्दी ही शादी कर रही हो।"

"देखो रोबिन! यदि तुम बगुलाभगत हो तो डैडी मुझे हाई हैडिड कहा करते थे। यदि तुम्हारा एक आदर्श है तो मेरा भी एक आदर्श है।"

"मैं जानता हूं, तुम अपने आदर्शों को झुका नहीं सकतीं।"

"तुम्हारा विचार था कि मैं माफी मांग लूंगी!"

"नहीं। मुझे विश्वास था कि तुम क्षमा नहीं मांगोगी और यदि तुम अंतिम रात्रि क्षमा मांगना चाहती हो तो भगवान के लिए ऐसा न करना।"

"घबराओ नहीं, मैं तुम्हारा अपहरण नहीं करना चाहती।"

"वह इतनी आसानी से हो भी नहीं सकता।" राबिन्दर ने हंसकर कहा।

"हम सबसे अच्छे पति-पत्नी बन सकते थे। यदि हममें से एक में भी लचक होती। लेकिन हमने भावों के स्थान पर सिद्धान्तों को पूजा है।"

"और आज तुम लज्जित हो?"

"नहीं, बिल्कुल नहीं।"

"फिर तुमने धनराज को ठुकरा क्यों दिया?"

"यही तो मैं बताने लगी थी। रोबिन, मैं तुम्हारी कई बातों से प्रभावित हूं और उनमें से एक यह है कि यू आर ए मैन।"

"और धनराज क्या मर्द नहीं?" राबिन्दर ने हंसकर कहा।

"हंसो नहीं। सचमुच वह मर्द नहीं।"

"फिर क्या है?"

"चमचा या स्त्री का दास।"

"और तुम्हें तो मुझसे शिकायत थी कि मैं स्त्री का दास नहीं।"

"रोबिन! यह शब्द आज तक मेरी ज़ुबान पर नहीं आया।" तपस्या संभलकर बैठ गई, "मैंने तुम्हारा अच्छी तरह अध्ययन किया है। वर्षों साथ रही हूं। मेरी एक सहेली ने तुम्हें बगुलाभगत कहा तो मैंने भी समझ लिया। लेकिन...लेकिन..."

"रुको नहीं।"

"तुम वैसे नहीं हो। बल्कि पत्नी के दास नहीं हो। बाई गॉड, आज उचित शब्द सूझ गया है।"

"और अब देर हो गई है।"

"नहीं।"

"क्या मतलब?" राबिन्दर चौंक पड़ा।

"कल हम अलग हो जाएंगे। मैं अपने जीवन, स्वभाव और दलीलों पर दृष्टिपात करूंगी। मेरा विचार है कि तुम भी मेरे जाने के बाद यह सोचोगे। मेरे बारे में तुमने जो फैसला किया है उसपर दुबारा सोचोगे।"

"फिर?"

"फिर हम दुबारा शादी कर लेंगे।"

"खूब! भई, बहुत खूब!" राबिन्दर खिलखिलाकर हंस पड़ा। "तुम्हारा मतलब है हम अपने को परखने को अलग हो रहे हैं?"

"इसमें क्या बुराई है?"

"बुराई तो नहीं, लेकिन इन बासठ दिनों में जो कुछ तुमने सोचा है इसने हमारे बीच एक खाई खोद दी है। तुम जानती हो कि मैं कितना कठोर हूं। मैं कुछ सिद्धान्तों को अपनी जान से अधिक प्रिय समझता हूं और इनमें से एक है सम्मान। और इसके साथ ही सैल्फ-रिस्पैक्ट। तुम्हारी कुछ हरकतों ने इन दोनों

को नष्ट कर डाला है। तुमने सम्मान खो दिया है और अब वह लौटकर नहीं आ सकता। अब तुम वह नहीं बन सकतीं जो कभी थीं। तुमने सोचा था कि इसी तरह मैं नीचा हो जाऊंगा। लेकिन मैं कहां तक नीचा हुआ हूं, तुम कहां तक मुझे हीन बनाने में सफल हुई हो, यह केवल आने वाला समय ही बताएगा। एकान्त में जब तुम अतीत को देखोगी, जब तुम अपने दृष्टिकोण का जायज़ा लोगी तो तुम्हें पता चलेगा कि मैंने जो स्थान तुम्हें दिया था, तुमने कुछ दिनों में और कुछ हरकतों में नष्ट कर डाला है। तुम मुझे नीचा दिखाते-दिखाते आप ही नीची हो गई हो। मैंने तो एक बार तुम्हें चेतावनी भी दी थी कि मुझे ब्लैकमेल करना सरल नहीं। और आज यह हाल है! तुम्हारी अनुचित हरकतों ने मुझे तो नीचा न बनाया, यद्यपि तुम्हारी सारी रेपुटेशन बिगाड़कर रख दी गई है। बुरा न मानना, यदि तुम्हारी दूसरी शादी हो गई तो विश्वास करो वह व्यक्ति कांग्रेस प्रॉडक्ट होगा। वह खानदानी न होगा। वह धनराज की भांति चमचा होगा या पत्नी का दास होगा।"

"यह मैं स्वीकार करती हूं।"

"इतनी जल्दी!" राबिन्दर ने हंसकर कहा।

"रोबिन, मैं मान चुकी हूं कि जहां तक पुरुष का सम्बन्ध है, तुम एक पूर्ण पुरुष हो। मर्यादा, अहं, गर्व, आत्मविश्वास तुम्हारे अन्दर कूट-कूटकर भरा हुआ है। लेकिन तुम आज भी स्वीकार करने को तैयार नहीं कि तुम बगुलाभगत हो!"

"तुम क्या कह सकती हो कि कांग्रेस प्रॉडक्ट के नोट कभी ऐसे अवसरों के लिए नहीं रखे जा सकते। वह लाइसेंस, परमिट लेने की खातिर जूतियां चाटते हैं और इतनी चाटते हैं कि इनकी इज़्ज़त, सम्मान, अहं सब नष्ट हो जाता है।"

"यह मेरे ही शब्द हैं।"

"बहुत खुशी हुई जानकर कि आज तुम अंतिम रात को स्वीकार कर रही हो। आज तुमने आंखों से पर्दा हटाया है। जो बातें आज तक बगुलाभगती थीं, वह आज सुनहरी सिद्धान्त बन गई हैं। लेकिन मैडम तपस्या, अब देर हो गई है।"

"वह मैं नहीं जानती, लेकिन मैं एक बात गर्व से कहूंगी"

"क्या?"

"कि मैं तुम्हारी पत्नी थी।"

"मैडम! तुम मुझे फुसला रही हो और मेरी चापलूसी कर रही हो।"

"खैर, तुम ऐसा कह सकते हो; लेकिन यह सच है।"

"और अब क्या हासिल है?"

"कुछ नहीं। लेकिन सच को सच कहने में इन्सान को झिझकना नहीं चाहिए। और मेरा स्वभाव है, मैंने सदा सच को सच कहा है।"

"मैं इस झूठी प्रशंसा या चापलूसी से खुश नहीं हो सकता।"

"मैं आज की रात झगड़ा नहीं करना चाहती। यह हमारा फैसला था कि हम सभ्य इन्सानों की भांति अलग हो जाएंगे।"

"तो एक सभ्य इंसान की भांति पूछ सकता हूं कि तुमने रहने का क्या प्रबन्ध किया है? यदि कोई विशेष प्रबन्ध नहीं हो सका हो तो मैं पार्कवाला फ्लैट दे सकता हूं। एक रुपया मासिक किराये पर। जब तक तुम्हें कोई फ्लैट नहीं मिल जाता।"

"क्या वह फ्लैट खाली है?"

"हां, पन्द्रह दिन हुए खाली हुआ था। मैंने उसे इसीलिए किराये पर नहीं उठाया कि शायद एकदम तुम्हें कोई फ्लैट न मिल सके तो..."

"बहुत-बहुत शुक्रिया। मैं एक रुपया नहीं बल्कि पूरा किराया चुकाऊंगी। यह ऑफर भी तुम्हारी महानता की मिसाल है।"

"पूरा किराया देने के बाद खाओगी कहां से?"

"क्यों, इस फ्लैट से तो नौ रुपये महीना किराया आता था।"

"आता था, लेकिन इन दिनों मुझे अढ़ाई सौ की ऑफर है।"

"अढाई सौ! वह तो मैं न दे सकूंगी। मुझे केवल चार सौ रुपये मासिक मिल रहे हैं।"

"इसीलिए तो मैंने कहा था, जब तक दूसरा फ्लैट नहीं मिलता, तुम एक रुपया मासिक किराया देती रहो।"

"मुझे यह बात मंजूर है। सचमुच फ्लैट की प्रॉबलम ने मुझे परेशान कर रखा था।"

"मैडम! मैं एक शरीफ इन्सान की तरह विश्वास दिलाता हूं कि यदि तुमने बिहेव किया तो मैं अलग होने के बाद भी तुम्हारा शुभचिंतक ही रहूंगा और इस बात की कोई फीस न लूंगा।" राबिन्दर ने हंसकर कहा।

"धन्यवाद। रोबिन, मैं एक बात सोच रही थी।"

"कहो।"

"शायद तुम मानोगे नहीं।"

"यह तो मांग पर निर्भर है।"

"मैं सोचती हूं आकाश को तुम रख लो। मैं धरती को ले जाऊं।"

"वह क्यों? यह आज आकाश से धरती पर कैसे उतर आई?" राबिन्दर ने हंसकर कहा।

इस वाक्य की गहराई वह समझ गई।

"आकाश अब बड़ा हो गया है। लेकिन धरती को अभी देखभाल की आवश्यकता है। नौकर उसका पालन-पोषण अच्छी तरह न कर सकेगा। और तुम आवश्यकता से अधिक व्यस्त हो। वह इस बड़े घर में अकेली रह जाएगी। यों मैं भी व्यस्त रहूंगी। अभी तो वह स्वयं नहा भी नहीं सकती। वह कपड़े नहीं पहन सकती। उसे मां की ज़रूरत है।"

राबिन्दर ने फौरन उत्तर न दिया।

"क्या सोचने लगे?"

"तपस्या! मैं धरती को दे सकता हूं लेकिन उसे देने में बहुतसी उलझनें हैं।"

"कौन-सी?"

"धरती लड़की है। माफ करना, तुम्हारे पिछले दिनों का जीवन उलझन नहीं पैदा करता? तुमने पिछले दिनों में कुछ अनैतिक हरकतें की हैं। तुम अलग होने के बाद न मालूम किस-किस ब्वायफ्रेण्ड को अपने फ्लैट पर दावत दो। उस सूरत में इस मासूम बच्ची पर बुरा असर पड़ सकता है। उसके पालन के लिए ज़रूरी है कि उसे ऐसे वातावरण में रखा जाए जो रिजिड हो। धरती एक लड़की है, पराया धन है, अमानत है और एक बहुत बड़ी ज़िम्मेदारी है। तुमने गैरज़िम्मेदारी का प्रमाण देकर सिद्ध कर दिया है कि तुम यह उत्तरदायित्व संभाल न सकोगी।"

"तुम्हारा इशारा धनराज की तरफ है?"

"और किसकी तरफ हो सकता है?"

"खैर, तुम भी समझ नहीं सकते कि मैंने धनराज को लिफ्ट क्यों दी थी।"

"मुझे चिढ़ाने की खातिर।"

तपस्या ने उत्तर न दिया।

"अच्छा, एक बात बताओ।"

"हूं।"

"तुम्हारी यह फ्लर्टेशन तुम्हारे डैडी की सलाह पर थी?" तपस्या निस्वर रही।

"तुम्हारी चुप्पी ही इस बात का प्रमाण है।" राबिन्दर ने कहा, "जिस दिन से वह बुड्ढा यहां से होकर गया है, उसी दिन से तुमने यह असंगत हरकतें शुरू कर दी हैं। लेकिन क्या कभी तुमने यह सोचा है कि तुम्हारे डैडी ने अपनी संतान को गैरज़िम्मेदार बनाया है। वह एक सफल डैडी नहीं।"

"खैर, अब इन बातों से क्या प्राप्त हो सकता है। कल से वह तुम्हारे ससुर न कहलाएंगे।" तपस्या ने बल खाकर कहा।

"मैंने आज तक उन्हें ससुर समझकर कभी आदर नहीं किया। इसी कारण वह बुड्ढा मुझसे चिढ़ता था और मेरा घर उजाड़ने का इच्छुक था।"

"इसका मतलब है मेरी फ्लर्टेशन की ज़िम्मेदारी डैडी पर आती है।"

"एक मिनट।" राबिन्दर जोश में उठकर बैठ गया, "तुम अपने को निर्दोष सिद्ध नहीं कर सकतीं। तुम स्कूल की बच्ची नहीं। तुम एक समझदार औरत थीं और जानती थीं कि क्या कर रही हो... तुमने जान-बूझकर होश में रहते हुए मेरी पीठ पर वार किए हैं। तुमने मुझे तुच्छ और हीन बनाने में कोई कसर नहीं छोड़ी।"

"इस चर्चा को बन्द करो।"

"बेहतर। तुमने स्वयं ही चर्चा छेड़ी थी।"

कुछ देर कमरे में नीरवता रही।

"रोबिन!"

"हां।"

"तुम मुझे अपने पलंग पर आने के लिए न कहोगे?"

राबिन्दर चुप रहा।

"अच्छा, यदि तुम समझते हो कि ऐसा करने से तुम छोटे बन जाओगे तो मैं तुम्हें दावत देती हूं, लेकिन एक शर्त पर।"

"शर्त!"

"हां।"

"कहो।"

"तुम आज की रात मुझे रखैल न समझोगे। मुझे पत्नी समझोगे और सिद्ध करोगे कि अभी मुझमें आकर्षण है।"

"यह छोटी-सी फरमाइश है।"

"मेरे लिए बहुत बड़ी है। मैं अंतिम रात अपने को गिरी हुई नहीं समझना

चाहती। मैं जानना चाहती हूं कि मेरी कद्र है। मेरी कीमत है। अढाई सौ रुपये महीने का चेक नहीं।"

"मैं वायदा करता हूं। अब ऐसी भावना न आने दूंगा।"

"मैं जानती हूं, तुम एक खानदानी मर्द हो। और शराफत तुम्हारी जिंदगी का अश है।"

रोबिन उठकर उसके पलंग में चला गया।

"जानते हो यह हार मुझे उपहार में मिला था।"

"हां।"

"बस इसी हार ने मुझे हारने पर विवश कर दिया।"

"वह क्योंकर?"

"धनराज ने मेरी कीमत डाल दी। यह हार भेंट करके उसने ऐरेगैरे को बता दिया कि मैं एक सस्ती औरत हूं। सचमुच वह मेरी भूल थी। मुझे इस मसखरे से, इस चीप इंसान से हार न लेना चाहिए था। लेकिन मैं खुश हूं कि मेरी आंखें खुल गई। अब मैं किसी भी ऐसी हरकत की कोशिश न करूंगी।" तपस्या ने धीरे-धीरे कहा।

"चलो तुम्हें गलती का आभास तो हुआ!"

"रोबिन।"

"हां।"

"तुमने अंग्रेजी भाषा का वह मुहावरा तो पढ़ा होगा।"

"कौन-सा?"

"हाउसिज़ आर नालस्वैपर इन मिडस्ट्रीम।"

"पढ़ा तो है लेकिन तुमने इसके अर्थ समझने में बहुत देर कर दी!"

"ओह!" तपस्या ने गहरा सांस लिया।

कुछ देर बाद तपस्या बोली, "कल अदालत में कितनी देर लगेगी?"

"मुश्किल से दस मिनट। वकील ने तमाम कागज़ तैयार कर रखे हैं। डिस्ट्रिक्ट या ऐडीशनल डिस्ट्रिक्ट जज के सामने पेश होना है और बस।'

"वह पूछेगा नहीं कि अलग होने की क्या वजह है?"

"हिप्पोक्रेसी एण्ड मेण्टल क्रअल्टी।" राबिन्दर ने उत्तर दिया।

"नहीं, रोबिन, नहीं, कोई और वजह दे दो। कह दो कि तपस्या बांझ हो गई है या और कोई वजह। लेकिन अपने को दोषी नहीं ठहराओ।"

"क्या अंतर पड़ता है!"

"क्यों नहीं! तुम कह दो कि तपस्या कुलटा है।"

"कैसे कह दूं जबकि तुम हो नहीं।"

"तुम्हें भरोसा है?"

"हां।"

"ओह रोबिन, तुम कितने ऊंचे हो! कितने अच्छे!" कहकर तपस्या ने उसके गले में बांहें डाल दी और आंसू बहाने लगी।

राबिन्दर ने ठीक कहा था। कागज़ तैयार थे। वकील उन्हें एडीशनल डिस्ट्रिक्ट जज की कचहरी में ले गया। जज ने उन्हें अपने चैम्बर में ही बुला लिया।

तीनों कूर्सियों पर बैठ गए। जज ने मुस्कराकर कहा, "अब मिस्टर राबिन्दर और मिसेज़ तपस्या राबिन्दर, मैं शायद अंतिम इंसान हूं जो आपको मिसेज़ राबिन्दर कहकर बुला रहा हूं। कुछ मिनट बाद आप मिसेज़ से मिस तपस्या बन जाएंगी। यह ठीक है कि कानून ने तलाक की अनुमति दे दी है। और मैं इंसाफ की कुर्सी पर बैठकर तलाक देता हूं। लेकिन विश्वास कीजिए कि मैं प्रगति पसंद नहीं हूं और मेरी प्रथम और अंतिम चेष्टा होती है कि मियां-बीवी में समझौता हो जाए।"

"शुक्रिया।" वकील ने कहा।

"आप दोनों नौजवान हैं। पढ़े-लिखे समझदार हैं। एक दुनिया देखी है। इसलिए मैं समझता हूं कि आपका फैसला उत्तेजनावश नहीं है।" जज ने सवाल किया।

"जी नहीं।" राबिन्दर ने उत्तर दिया।

"और आपका ज़वाब?" जज ने तपस्या से पूछा।

"जी नहीं। कोई दबाव या ज़ोर नहीं, बल्कि हमने बासठ दिन पहले यह फैसला किया था कि आज 31 जनवरी, 1961 को अलग हो जाएंगे।"

"इस सूरत में मैं आपकी शादी को तोड़ता हूं। आप दोनों इस बंधन से मुक्त हैं।" कहकर वह कागज़ो पर दस्तखत करने लगा।

इससे निवृत्त होकर उन्होंने जज का धन्यवाद किया।

"मिस्टर राबिन्दर, मुबारक हो।" वकील ने कहा।

"धन्यवाद।" राबिन्दर ने कहा।

"मिस तपस्या, आपको भी।"

"शुक्रिया।" तपस्या ने भारी आवाज़ में कहा।

वकील हाथ मिलाकर चला गया।

वह अदालत की इमारत से बाहर आ गए। राबिन्दर के हाथ में एक लिफाफा था।

"मिस तपस्या, इसमें अठारह हज़ार रुपये का चेक है और यह दो हज़ार रुपया एकदम खर्चे के लिए नकद है। आप घर जाकर जो चाहें उठा लें। मेरी मौजूदगी ज़रूरी नहीं।" तपस्या ने लिफाफा थाम लिया। "आकाश आज स्कूल नहीं गया। मैं उसे मना कर आया था। सामान बांधने में वह और नौकर आपकी मदद करेंगे।"

"हूं।" तपस्या ने भारी आवाज़ में कहा। उसका गला रुंध गया था।

"आजादी मुबारक हो!"

"आपको भी।"

इसी क्षण एक चौबीस वर्ष की बहुत ही सुंदर लड़की इनके पास आकर खड़ी हो गई।

"क्या चाहिए?" तपस्या ने उसे देखकर कहा।

"कुछ नहीं।" लड़की ने उत्तर दिया। "रोबिन, यह रही चाबी।" लड़की ने चाबी बढ़ाई।

"डिलीवरी लेने में कठिनाई तो नहीं हुई?" राबिन्दर ने लड़की से सवाल किया और चाबी थाम ली।

"जी नहीं। वह मैनेजर मेरी प्रतीक्षा कर रहा था।" लड़की ने जवाब दिया, "कार में पैट्रोल नहीं था। वह उसने डलवा दिया था।"

"कैसी चाबी?" तपस्या ने सवाल किया।

"मेरी नई कार की।" राबिन्दर ने जवाब दिया, "और हां, जिस कार में हम घर से यहां आए हैं वह मैं तुम्हें दे रहा हूं। यह रही इस कार की चाबी।" कहकर राबिन्दर ने जेब से चाबी निकाली। "कार के कागज़ भी इस लिफाफे में हैं।"

"शुक्रिया।" तपस्या ने चाबी लेकर कहा।

"और तपस्या, इनसे मिलो।" राबिन्दर ने लड़की की तरफ इशारा किया। "यह मिस रमा हैं, जस्टिस पंडित की सुपुत्री। कुछ महीने हुए हारवर्ड यूनिवर्सिटी अमेरिका से एम० ए० करके लौटी हैं और मेरी होनेवाली पत्नी हैं।"

"क्या?" तपस्या का मुंह आश्चर्य से खुला रह गया।

"नमस्ते।" रमा ने हाथ जोड़कर कहा।

तपस्या के कंठ से आवाज़ न निकल रही थी।

"रमा, यह मेरी पहली पत्नी हैं—मिस तपस्या।"

तपस्या का सिर घूम गया।

"तपस्या, हमें मुबारकबाद न दोगी?" राबिन्दर ने कहा।

"म...म...मुबारिक। लेकिन...लेकिन..." कहते-कहते तपस्या की आंखों से आंसू छलक पड़े। "मैं तो समझ रही थी कि यह सब मज़ाक है।"

"मुझे खेद है, तपस्या, लेकिन तुम्हीं तो कहा करती थीं कि मैं बगुलाभगत हूं। लेकिन रमा कहती है कि मुझे केवल बगुलाभगत पति ही पसन्द हैं, कांग्रेस प्रॉडक्ट नहीं। अच्छा, गुडलक।"

"बाई-बाई मिस तपस्या।" रमा ने कहा।

वह दोनों हाथ में हाथ डालकर नई कार की तरफ बढ़े। तपस्या की आंखों से आंसू बह निकले।

वह राबिन्दर को हराना चाहती थी और राबिन्दर ने उसे परास्त कर दिया था। नई कार—नई बीवी।

काश! वह हाई हैडिड न होती!

तपस्या ने सोचा और भारी कदमों से सैकण्ड हैंड कार की तरफ बढ़ने लगी।

◇◇◇